神さまの嫁にはなりません！
守り神と美貌の侯爵にめちゃくちゃ愛されてます

クレイン
✦
Illustration
サマミヤアカザ

gabriella books

この作品は書き下ろしです。

神さまの嫁にはなりません！
守り神と美貌の侯爵にめちゃくちゃ愛されてます

contents

プロローグ　白蛇を連れた少女

――この世に蔓延《はびこ》るのは、何も生者《せいじゃ》だけではない。

未だ学生の身でありながら、既《すで》に西院《さいいん》侯爵家の当主である西院要《かなめ》は、うんざりしながら周囲を見渡した。

彼が今立っているのは、鹿鳴館《ろくめいかん》の舞踏室である。

明治《めいじ》の初めに欧化政策の一環として、国が金を惜しまず建造した、華やかなる社交の場だ。

かつてはここで毎夜のように舞踏会が開かれていたそうだが、目的を逸脱した急激な西洋化、及び国庫の浪費が批判され、その規模を縮小、大正《たいしょう》も十年を迎えた今では華族会館《かぞくかいかん》として使用されている。

建造から数十年経った今でも古さを感じさせないその場所で、多少軽装にはなったものの、未だ堅苦しく感じる洋装を身に纏《まと》った華族の面々が、各々歓談を楽しんでいる。

華族とは、元公家や元武家、資産家、軍功者で構成されている。

――つまり彼らは、怨《うら》みや憎しみの対象であることが多い。

（……気持ちが悪い）

そのためこの舞踏室には生者以上に死者が満ちており、涼しく過ごしやすくなったはずの秋の夜だというのに、その空気は酷く澱《よど》んでいた。

生まれつき人ならざるものが見えてしまう要にとって、死者の坩堝《るつぼ》となる社交の場は、地獄だ。

母に強引に連れ出され、仕方なくこの夜会に参加したものの、一刻も待たずして要は帰りたくてたまらなくなっていた。

なんせ要の隣には、東京帝国大学《とうきょうていこく》の同期生である藤宮《ふじみや》伯爵家の次男坊が勝手に居座っており、とある文芸雑誌の口絵に載っていた、どこそこの芸妓《げいぎ》が美人だったから今度遊びにいかないか、などとしつこく誘ってくるのだ。

正直なところ、要はその芸妓にまるで興味がない。よって早々にとっととここから立ち去ってほしい。

なんせそんな藤宮の背中には、髪を振り乱し恐ろしい形相《ぎょうそう》をした血塗《まみ》れの女がのしかかっているのだ。

自死したのか。はたまた殺されたのか。――どちらにせよ、彼女の死の原因は藤宮にあるのだろう。

要はその女と目を合わせまいと必死だ。うっかり目を合わせてしまえば、藤宮を害するためにこの女は要に取り憑《つ》こうとするだろう。

要は幽霊が見えるだけではなく、人ならざるものが容易《たやす》く体に入り込んでしまう霊媒体質でもあった。

恨みを持った幽霊に取り憑かれてしまえば、弱い霊ならしばらく体調不良が続くし、強い霊なら体を乗っ取られる危険がある。

この酷くやっかいな体質は、代々西院家の血を濃く引く男子にのみ顕《あらわ》れる。

そのせいで、西院家の当主は短命で、最期には心身を病んで死ぬ。

西院家が金満家《きんまんか》の名門でありながらなかなか嫁の来手がないのは、それが原因だ。

数えで二十二歳になる要にも、未だに婚約者もいなければ、縁談もない。

高位華族であればあるほど、呪われた西院家の事情を知っている。

華族の結婚が家同士の繋《つな》がりの話だとしても、不幸になるとわかりきっていて、わざわざ呪われた家に人《ひと》身御供《みごくう》のように娘を差し出す親はそういないだろう。

かといって、金に困っている家に資金援助をちらつかせ、金で購《あがな》うような真似をしてまで妻を得たいとも思えない。

要とて特に情もない金銭目的の女性に、残り少ない人生を捧げたくはないのだ。

それならば、死ぬまで一人でいた方が、ずっといい。

『なんとかその綺麗なお顔で、素敵なお嬢さんを引っ掛けていらっしゃいな』

だというのに母にそんな発破《はっぱ》をかけられ、この場に送りだされた要は、遠い目をする。

かつて母は、この鹿鳴館でバッスルスタイルの豪奢《ごうしゃ》な洋装《ドレス》を身に纏い、舞踏《ダンス》を踊っていたという旧宮家のお姫様だった。

そして要によく似て美男子だったという父と出会い惚れ込んで、家族の反対を押し切り結婚したのだという。

だが周囲の危惧通り、結局要の父もまた若くして心の均衡を欠き、狂い、亡くなってしまった。

母は未亡人となり、それ以後女手一つで十歳で西院家の当主になってしまった息子と、この家を守ってきた女傑《じょけつ》だ。

そんな彼女は今、要をなんとか結婚させようと躍起になっている。

自分の代でこの家を絶やすわけにはいかないという使命感で、焦っているのだろう。

――――だが母は、父や要とは違い普通の人間だ。

（……母上にはわかるまい。この忌まわしい、呪われた身の苦しみなど）

かつて西院家の当主は、この人ならざるものが見える目で知るはずのない情報を得、人の本質をよく見抜き、多くの功績を挙げて成り上がり、現在の地位を築いたのだという。

だが今となっては、こんな体質は呪い以外の何物でもない。

（こんな家、断絶してしまえばいい）

こんな血筋は、後世に残してはいけない。子孫まで苦しめたくはない。要はそう思うようになっていた。

よって母の望み通りに結婚をするつもりなど、毛頭なかった。

どうせ自分は、遠からず死ぬのだ。母のような不幸な女性を増やすことに、一体何の意味がある。

「なあなあ、見に行かないか。当代一の芸妓ってやつをさ」

要があからさまに相手にしていないというのに、全くめげずに先ほどからずっとしつこく話しかけてくる藤宮は、軽薄で碌《ろく》でもない男だ。

歳《とし》若い学生の身の分際で、親の金を湯水のように使い、賭博《とばく》に手を出し、遊郭で豪遊している。

彼の父である藤宮伯爵から勘当されるのも、時間の問題ではないかとまことしやかに囁かれている。

今回もおそらく、要の金で女遊びがしたいだけだろう。どこまでも屑《くず》な、どうしようもない男だ。

――――まあ、彼の背後を見るに、碌な死に方はしないだろうが。

(煩《わずら》わしいな……。もう帰るか……)

母には悪いがもう限界だ。この場にも、藤宮の後ろに張り付いた血まみれの女の空《うつ》ろな目にも。

「……わあ！　凄いな！　見てくれたまえ、西院君。あのご婦人の胸の見事なこと！」

すると、突然藤宮が歓声を上げた。足元を見ながら帰る言い訳を考えていた要も、思わず顔を上げる。

「…………っ！」

その瞬間、この場に凛《りん》と清浄な空気が満ちた。さながら、神域に入り込んだように。

たちまち明確な形も持てぬような黒き澱みは霧散し、人ならざるものたちが瞬く間に逃げていく。

藤宮の背中に張り付いていた女も、慌ててその姿を消した。――――こんなことは、初めてだ。

驚いた要がその神気の中心を見やれば、そこには一人の女が立っていた。

女性にしては随分と背が高い。しっかりした肩に大きく張り出した胸。そして高い位置にある腰のおかげか日本人女性とは思えないほど、洋装が似合っている。

そして整った目鼻立ちの、だがどこか気怠《けだる》げで色香漂《ただよ》う顔。

なぜか寸法《サイズ》のまるで合っていないドレスを無理に身に纏っているせいで、その豊満な体の線が露骨に出てしまっている。

周囲の好奇の視線を一身に受け、彼女は怯《おび》え、心許《こころもと》ない表情を浮かべている。その幼なげな表情を見るに、まだ少女と呼んでも良い年頃だろう。

確かに美しい御令嬢だ。美女を見慣れているはずの藤宮が感嘆の声を上げるのも頷《うなず》ける。

――だが、そんなことよりも。

(あれは、一体何なんだ……⁉)

要が驚愕《きょうがく》したのは、少女を守るように彼女の体に巻きつき周囲を威嚇《いかく》する、巨大な白蛇だった。

おそらく要にしか見えていないのだろう。巻きつかれている少女自身も、その存在に気がついていないようだ。

この場にいた人ならざるものを一掃した強大な神気は、間違いなくその白蛇が発したものだった。

(これは、神の類《たぐい》か……!)

生まれた時から人ならざるものに囲まれていた要でも、流石《さすが》に神を見るのは初めてだった。

だが澄んだ空気の中、要はこれまでに感じたことのない安堵《あんど》に包まれていた。

――何もいない。人間とこの白蛇以外、何も。

嗚呼《ああ》、これこそが普通の人間の、普通の視界なのだ。

あの少女の側にいれば、常にこの清浄な空気の中にいることができる。

――そう思ったらたまらず、要の足が自然と動いた。

「おい、西院君。いきなりどうした？」

慌てて藤宮が背後から呼びかけてくるが、要の足は止まらない。

まるで吸い寄せられるように、ふらふらと彼女へと向かって歩いていく。

そして気が付けば、要は少女の目の前に立っていた。

少女も突然近づいてきた見知らぬ男に驚き、目を見開いている。

その背後では、白蛇が細く赤い舌をしゅるりしゅるりと出し入れしながら、金色の目で要を不思議そうに見ている。

近くで見るその黄金の目を、とても美しいと要は思った。

「――君の、名前は？」

震える声で問えば、少女は小さく小首を傾《かし》げて、戸惑いながらも口を開いた。

「斎賀八重子《さいがやえこ》、と申します。……あの、何か私に御用でしょうか？」

用ならばある。ただし彼女にではなく、彼女にまとわりついている巨大な白蛇に、だが。

要は蕩《とろ》けるような笑みを浮かべると、流れるようにその場に跪《ひざまず》き、八重子の白魚のような手を取る。

――かつて見た、西洋の歌劇のように。

まるで一幅《いっぷく》の絵画のように美しい二人に、周囲から感嘆の溜息が漏れる。

現在、国から華族の地位を与えられている家は千近くあり、記憶力の良い要であってもその全てを把握しているわけではない。

だが、『斎賀』という家名には、僅《わず》かながら聞き覚えがある。

そもそもこの華族会館にいる時点で、八重子が華族の御令嬢であることは間違いないだろう。

そんな彼女にずっと自分の側にいてもらうための方法は、一つしかない。


「――八重子嬢。どうか私と結婚していただけませんか？」


そう、嫁に貰ってしまえば良いのである。

そうすれば彼女を正当に、西院家の屋敷に留めることができる。

八重子を逃がすまいと、要はあえてこれだけの衆目の前で求婚してみせた。それほどに必死であったのだ。

女性陣から黄色い悲鳴が上がる。確かにこの日本でこんな求婚をする男は、そういないだろう。

まあ、要の目的は八重子本人ではなく、その背後にいる白蛇の神なのだが。

「あ、あの……、その……！」

八重子が目を見開き、困ったようにしどろもどろに声を漏らす。突然の求婚に、何と返事をしたら良いのかわからないのだろう。

そこで、要は改めて困惑している彼女の顔をとっくりと見つめた。最初に思った通り、整った美しい顔をしている。へにゃりと情けなく下がった眉毛が、年相応に幼く見えてなんとも愛らしい。

（……可愛いな）

これまで女性の顔にあまり興味を持たなかったが、素直にそう思った。

――これだけ美しく、しかも白蛇付《神》き。

とんでもなく貴重な人材だ。これはなんとしても、絶対に手に入れるしかない。

要が決意を新たに、さらに彼女ににじり寄った瞬間。要の視界に白銀に輝く何かが迫った。

「――っ！」

次の瞬間、頭部に強い衝撃を受け、要はその場に倒れ込む。体を強く打ち、息が詰まる。

「きゃあ！」

突然床に倒れた要に、驚いた八重子が小さな悲鳴を上げた。

「だ、大丈夫ですか⁉　しっかりしてください！」

倒れたまま動けない要の頭を、柔らかく、温かな腕が包み込む。どうやら八重子が抱え、支えてくれているのだろう。

八重子の顔が見たくてうっすらと目を開ければ、慌てふためく彼女の背後で、ニィと笑う白い蛇が見える。

どうやら自分を打ち据えて昏倒《こんとう》させたのは、この白蛇の尾であると気付く。

――おそらく白蛇は、要から八重子を守ろうとしたのだ。

まだ何もしてはいないのに、なんとも理不尽である。
だが自分を心配してくれる、八重子の声と温もりは、不思議と心地良い。
(うん……やっぱりいいな。この子)
薄れていく意識の中で、そんなことを要は思った。

第一章　神の嫁

「ねえ、八重子さん。あなた、結婚のご予定はないの？」

家族で夕食を囲んでいる際、突然母から問われた八重子は、手にしていた茶碗を卓に置き、首を傾げた。

基本良家の娘の結婚は、親が決めるものである。その親が何もしていないのに、勝手に八重子の結婚が決まるわけがないのだが。

「縁談の一つもないのに、一体どうやって結婚をするのでしょう？」

そして八重子の生家である斎賀子爵家は、正真正銘の没落華族である。

かつてはそれなりに名の通った公家であったはずだが、一族郎党全員が基本的に呑気《のんき》でぼうっとしており、江戸《えど》から明治への激動の時代の中、先祖代々の財産を守り切ることができなかった。

そもそも元諸侯の武家華族と元公卿の公家華族では、政府から与えられた家禄《かろく》からして、桁《けた》が違う。

そんな中で華族としての体面を守ろうとするものだから、公家華族は経済的に困窮していることが多く、八重子の生家である斎賀子爵家もまた、没落の一途であった。

華族の戸主は国によって東京に在住することが義務付けられている。斎賀家も叙爵された際に京都《きょうと》から東京に移住してきたのだが、当時戸主だった八重子の祖父が無駄な矜持《きょうじ》を発揮して武家華族に張り合い、やたらと大きい屋敷を建ててしまった。それがまず、何よりの悪手であった。

今では斎賀子爵家という仰々しい名前だけが残り、日々の生活は一般庶民に毛が生えた程度のものでしかない。

だというのに先代の見栄のために造られた、やたらと維持費のかかる大きな屋敷だけが手元に残されてしまった。

屋敷内の所々で雨漏りしているが、もちろん修理する金もない。

庭園を管理する金もないので、植木は剪定《せんてい》されることもなく、自由気ままに伸び伸びとその枝を張っているため、何やら斎賀家の敷地全体が鬱蒼《うっそう》としている。

噂《うわさ》によれば我が家は近所の子供たちから、お化け屋敷のような扱いを受けているという。泣ける。

つまりどこから見てもこの家は立派な不良債権。よって同じ華族で、わざわざ斎賀家と縁付きたいなどという奇特な家はないだろう。

さらに両親も家格やら名声やらを欲しがる平民の成金に娘を売り飛ばすような、野心的な性格ではない。

とにかく現在の斎賀家の面々は、誰も彼もがおっとりとしているのである。

そんなわけで、同じ女子学習院《がくしゅういん》に通う華族出身の級友たちが次々に結婚が決まっては退学していく中で、八重子は取り残されていた。

ちなみに学習院は華族出身であれば学費がかからないため、貧乏華族令嬢の八重子でもなんとか通うことができている。

大体の華族の娘が結婚までの腰掛けとして女学校に通っており、卒業まで学校に残るのは、試験を受けて入学した士族や平民出身の女学生たちばかりだ。

卒業まで半年を切り、女生徒の減りは加速して、八重子の通う教室の席は、今やまばらとなっている。

ついこの前も、親友が結婚と同時に学校を辞めてしまったばかりだ。

下手したら華族令嬢で無事卒業を迎えるのは自分だけなのでは、などと危惧していたところである。

「そこをあなたのその綺麗なお顔を使って、なんとか素敵な殿方の一人や二人たぶらかせないかしら?」

つまりは結婚相手を自分で捕まえてこい、という母からの突然の無茶振りである。

「……はい?」

八重子はさらに首を傾げる。いつもぼんやりした母が、珍しく深刻そうな顔をしている。

一体どうしたというのだろうか。八重子は一気に不安になった。

「あの、私は殿方が苦手なので、このまま結婚はせずに職業婦人を目指そうかと考えております」

八重子は凹凸《おうとつ》のはっきりした肉感的な体をしており、さらにはぽってりとした肉厚な唇と通った鼻筋、濃い睫毛《まつげ》に縁取られた垂れ気味の大きな目という派手な顔立ちのせいで、妙に婀娜《あだ》っぽく見えてしまう。

皆と全く同じように、着物の上に袴《はかま》を身につけ革靴を履くという典型的な女学生の格好《スタイル》をしているのに、胸が大きいせいで着崩れしやすく、一見だらしなく見えてしまうことが八重子の悩みだった。

中身はいたって年相応の純情可憐な少女なのだが、そんな八重子の容姿は無意識のうちに男を誘惑してしまう、らしい。

学校と自宅間を自動車や人力車で使用人に送迎してもらえる裕福な級友たちとは違い、没落した家の令嬢である八重子は、毎日自分の足で歩いて登下校している。

できるだけ明るいうちに人通りの多い道を通るようにしてはいるが、知らない男に後をつけられたことは数えきれず、物陰に引き摺《ず》り込まれそうになったことも一度や二度ではない。

中でも一番恐怖だったのは、学校の男性教師に空き教室へ連れ込まれ乱暴されそうになったことだ。

没落した家の令嬢を手込めにしたところで、たいした問題にはならないと考えたのだろう。

それらは全て奇跡的に未遂に終わったのだが、そんな彼らは、必ず八重子に言うのだ。

こんなことになったのは、『八重子が誘った』からで、『八重子がいやらしい』からなのだ、と。

(好きで、こんな見た目をしているのではないのに)

彼らは勝手に八重子を性的に見て、挙句にその責任を八重子自身に負わせようとする。そのせいで八重子は、男性に対し若干の苦手意識を持つようになってしまった。

今では男性に近寄られると、無意識のうちに何かされるのではないかと警戒し、身構えてしまう。

もちろん同じ男性であっても父のことは尊敬しているし、歳の離れた弟はこれでもかと可愛がっている。

よって男性の全てを嫌悪の対象にしているわけではないのだが、やはり一度植え付けられた恐怖は、そう簡単に拭《ぬぐ》えるものではない。

「女学校を卒業したら、東京市の中央職業紹介所に行って、私でもできる仕事を探そうと考えております」

男性よりも遥かに賃金は少ないものの、女性が働ける場所はある。

これから必死に働いて、なんとかお金を貯めて、せめてこの屋敷の雨漏りだけでも直さなければ。

華族令嬢としてはあるまじき進路ではあるが、仕方がない。

父は貧窮からこの屋敷を売り、爵位を国に返上することも考えているようだが、やはりなかなか踏ん切りがつかないようだ。

そして隣で必死に鯵《あじ》の干物の骨取りに格闘している弟を見やる。八重子としても、この可愛い弟が受け継げるものを、少しでも多く残してやりたいと思っているのだ。

(だったら私が働くしかないわよね)

そんな八重子の言葉を聞いて、父の眉がしおしおと垂れ下がる。やはり何かあるのか。

「困ったわねえ……」

母も頬に手を当てて深いため息を吐《つ》いた。

「……あの、何かあったのですか?」

流石に心配になった八重子が聞けば、父がようやく重い口を開いた。

「どうやら我が斎賀家に生まれた娘は、二十歳まで清らかな身であると、我が家を守護する『オシロ様』という名の神の嫁にされてしまうらしくてな」

「…………はあ。『神の嫁』ですか」

父が一体何を言っているのか、八重子は理解までに若干時間を要した。あまりにも荒唐《こうとう》無稽《むけい》な話だ。

なんの冗談かと思うが、父も母もいたって真面目な顔をしている。

(二十歳、ということは、数えであと二年ちょっと。それまで清らかな身……、つまりは)

二十歳までに純潔を散らせ、ということだろうか。

そうしなければ、八重子はその『オシロ様』という神のものにされてしまうと。

それにしても純潔とは。結婚した友人から聞いた破廉恥《はれんち》なあれやこれやを思い出し、八重子は思わず顔を赤らめてしまった。

これはまた実の父親の口からは、極力出してほしくない話題である。

――だが、そもそも『オシロ様』とは一体なんなのだろうか。

「私にもよくわからんのだ……。実はこの前何か換金できそうなものはないかと蔵を漁《あさ》っていたら、先祖の書き付けが出てきてな」

我が斎賀家は自他共に認める貧乏である。よって金がなくなるとこれまた無駄に大きな蔵を漁り、残された美術品や家財を発掘しては売り飛ばして生活費としている。

父曰《いわ》く、その際に見つかった先祖の書き付けに、娘は必ず数えで二十歳までに嫁に出すこと。出さねばオシロ神の嫁となってしまうのだと書かれていたらしい。

「……ここ三代に亘《わた》り、我が斎賀家には娘が生まれていない。そのせいで先祖からの口伝が途絶えてしまっていたようでな」

「……まさかお父様は、それを信じておられるのですか?」

八重子は呆れ半分で聞き返した。やはりいくらなんでも非現実的にも程がある。先祖が子孫を驚かせようと、悪ふざけで書き付けを残したとしか思えないような内容だ。

「半信半疑、といったところだ。だがこの神のおかげで我が斎賀家は興隆したとされていてな……」

「非常に残念ながら我が家は、現在進行形で没落しておりますが」

「……それは逆に三代に続けて娘が生まれなかったがために没落した、とも考えられないか？　少なくともお前が生まれて以降は、我が家に大きな不幸は起きていない」

　八重子が生まれる前に亡くなったという先代の時代には色々とあったらしいが、確かに八重子が生まれた後では、先祖から続く慢性的な貧困はあれど、大きな不幸にはまみえてはいないような気がする。

「なんでも斎賀家の娘には代々神の守護があるという。八重子、お前何か身に覚えはないか？」

「…………」

　八重子は顔を微笑みの形にしたままで頭を巡らせ、とあることに思い至り心の中で悲鳴を上げた。

　――身に覚えなら、しっかりとあった。

　かつて見知らぬ男に無理やり路地裏に連れ込まれそうになった際、突然その男が白目を剥《む》いて昏倒したことがあったのだ。

　それだけではない。女学校で八重子の体に触れようとしたあの教師も、まさに彼女に襲い掛かろうとした瞬間に、やはり突然白目を剥いて昏倒した。

　そういえばこの前ぼうっとしていて学校の階段から落ちた時も、ふわりと体が浮く感じがあって、気がついたら踊り場に無傷で華麗に着地していた。

幾度も危険な目に遭いながら、不思議とその全てが何事もなく終わっている。

思い返してみれば、あまりにも不自然で都合が良すぎる。――それらは、奇跡というよりは、異常だ。

思わず深刻な顔をしてしまった八重子に、両親も表情を強張《こわば》らせる。

「……確かに私、その神様とやらに守られている気がします。ですが、『神様の嫁』って結局はどういうことなのでしょう？」

戸籍上は物理的にできないだろうが、名目上でよければ、神の嫁になることもやぶさかではない。

巫女《みこ》のように、その神様のために毎日ただ祈っていれば良いのだろうか。

「家系図を遡《さかのぼ》ってみたが、我が家で実際に神の嫁になった娘はいない。斎賀家に生まれた娘は容姿に恵まれることが多く、大体皆若くして縁談が整い、十五から十七くらいで嫁に行ってしまうからな。その歳で全く嫁ぎ先が決まっていないのは、お前くらいなもので……」

「……我が家にお金がないから売れ残っているんですが、何か？」

カチンときた八重子が冷たい声で返せば、父はバツが悪そうに目を逸《そ》らした。

どうやらその自覚は、ちゃんとあるらしい。

「つまりは、私が結婚をせず二十歳を迎えると、何が起こるかはわからない。……最悪、死んでしまう可能性もある、ということですね」

状況は、思いの外《はか》深刻だ。するとわからないなりに話を聞いていた歳の離れた弟の正太郎《しょうたろう》が席を立ち、八重子にひしっと抱きついてきた。

「お姉様が死んじゃうなんて、僕、嫌です……！」

「正《しょう》ちゃん……！」

涙をこぼしながらしがみついてくる正太郎に、八重子の目頭も熱くなる。顔を上げれば、両親も目をうるうると潤ませてこちらを見ている。

（こ、この頼りない家族を、残しては死ねない……！）

繰り返すようだが、なんせ我が家の人間は、本当にやたらとのほほんとしているのだ。

父はお人好《ひとよ》しでしょっちゅう人に騙《だま》されかけるし、母はお姫様育ちでおっとりしていて何もできない。さらに弟はまだ十歳で、全てにおいて戦力外。

八重子が必死になって家政を引き締めているからこそ、この家は未だになんとか回っているのである。

「――――私、結婚相手を探して参ります」

これまで結婚にそれほど意欲的ではなかったし、相変わらず男性は苦手だが、こうなっては仕方ない。

「なんとか我が家に経済的援助をしてくれる、できるだけ金持ちな旦那様を見つけてきます！」

この際年齢や見た目はどうだっていい。どうせならこの家を助けてくれる人と結婚するのだ。

八重子は非常に、前向きな性質であった。

「ち、ちなみにどうやって……？」

両親と弟が不安そうな顔で目の据わった八重子を見つめる。八重子は胸を張って言った。

「先ほどお母様がおっしゃったではないですか。もちろんこの顔とこの体で引っ掛けるんです！」

ふしだらで破廉恥であるなどと、百も承知だ。だが八重子はまだ死にたくないし、ついでに家族のことも守りたい。

だったらせいぜい男好きするというこの見た目を、利用するしかないではないか。

(なんとしても、金持ちで都合の良い夫を見つけてみせるわ……！)

拳を固めながら意気込む八重子を、両親と弟は怯えた目で見つめていた。

◇◇◇

「――悲壮な覚悟を決めたところ悪いけれど、現実はそう甘いものではなくてよ」

だがしかし、そんな八重子の野望は、あっさりと叩きのめされることとなった。

上流階級の男性との出会いの機会を探るため、八重子はまず、結婚して伯爵夫人となった親友の郁子《いくこ》に相談してみることにした。

郁子は在学中に一回り以上年上の高峰《たかみね》伯爵との縁談が持ち上がり、女学校を退学して結婚した。

今でも、何かと八重子を気にかけてくれ、手紙のやりとりをしつつ仲良くしてくれる、大切な友達だ。

神の嫁云々《うんぬん》は伏せて『金持ちの男と知り合って結婚したいがどうしたら良いか』といった身も蓋もない八重子の相談を、彼女はこれまた身も蓋もなくバッサリと斬った。

「うっ……！　そ、そこを、なんとか郁子様……！」

「なんともならないわよ。八重子様は相変わらずお馬鹿さんねぇ」

郁子は紅茶の入ったカップを口元で傾けてから、呆れたように言った。

そんな彼女は小柄で華奢《きゃしゃ》で、つい守ってあげたいと思わせる儚《はかな》げな風情《ふぜい》の美少女だ。

女性にしては大柄で、迫力のある派手な美人の八重子とは全くの正反対である。

だがその一方で、郁子は非常に計算高くて気が強い。その見た目から、控えめで従順だろうと思い込み気安く近づくと、痛い目に遭うのだ。

「正直なところ、正妻は難しいと思うわ。妾《めかけ》として囲ってくれるという男なら、探せば見つかるかもしれないけれど」

華族の当主が正妻の他に複数の妾を抱えていることは、珍しいことではない。むしろごく一般的なことだ。

彼らの七割以上が妾を囲っていると言われている。

最近では日本においても一夫一婦《いっぷいっぷ》が基本の西洋的な考えが浸透してきたため、大っぴらにこそされなくなったものの、未だその数は多い。

芸妓や娼妓を身請けしたり、女中がお手付きになったりとその経路は様々だが、基本的に妾になるのは、正妻よりも遥かに身分の低い女性であることがほとんどだ。

腐っても八重子は子爵家令嬢である。妾に身を落とすことは醜聞だ。できることならば、避けたい。

そのせいで父や弟が後ろ指を指されるような事態となれば、本末転倒である。

だが郁子の言う通り、華族といえど財産持ちの男は、そう多くない。

基本的に爵位も財産も全ては長男にのみ継承される。

つまり華族の家に生まれたとしても、長男以外は財産を受け継ぐ資格がないのだ。

よって長男以下は役人や軍人など、他に生きる道を探ることになる。

そして華族の令嬢は、そんな数少ない爵位持ちの『正妻』という椅子を取り合っているのだ。

確かに家柄も良く、条件も良い令嬢たちがいくらでもいるのに、たとえ容姿は美しくとも持参金も見込めず、金がかかるだけの没落華族令嬢の八重子を、わざわざ正妻として娶《めと》ろうと考える華族男性はなかなかいないだろう。

「し、資産家の方とかはどうかしら……？」

爵位持ちである必要はない。お金を持っていて、なおかつ八重子を正妻にしてくれる男性であれば。

そんなことを安易に考えた八重子は、恐る恐る聞いてみたのだが。

「甘いわよ。そんなもの、爵位持ちの男の妻の座からあぶれた令嬢やその家族に、とっくに捕捉され済みでしょう」

それもまた郁子にバッサリと斬られた。最近では成金に多額の結納金を貰って嫁ぐ華族令嬢も多いのだという。

八重子はがっくりと肩を落とした。現実とは、かくも厳しい。

（やっぱり、妾になるしかないのかしら……）

男性と性的な関係を結び、なおかつ実家への資金援助をしてもらうには、それが一番手っ取り早い。

だが、やはりどうしても八重子には抵抗があった。

その道は、どうしたって自分の家族や相手の妻子など、他人を傷つけることになるからだ。

そんな八重子の苦悩を見抜いたのだろう。郁子が肩を竦《すく》めた。

「人と争うことを良しとしない優しいあなたには、難しいと思うわ。私の主人にも結婚前からの妾が二人いて、今でも同じ屋敷の中で暮らしているけれど……哀れなものよ」

郁子の夫、高峰伯爵には、若い頃に手を出したという元女中の妾が二人いる。

さらに夫と妾の間には既に子供も三人いて、けれどその子供たちは、生母を母と呼ぶことすら許されず、妾たちは実の子らに使用人として名を呼び捨てられている。——そこに、明確な身分の差があるからだ。

「一切血の繋がりのない子供たちに、お母様《たあ》と呼ばれているのよ。私」

ちゃんちゃら可笑《おか》しいわ、と郁子はくすくす声を上げて笑った。

夫よりもよほど郁子と歳の近い子供たち。正妻である郁子を母と呼ぶ、腹を痛めて生んだ我が子を見ながら、妾たちは何を思っているのか。

「……惨めなものよね。昔は妾も戸籍に入れてもらえたそうだけれど、欧化政策のせいで廃止され、今では全てが旦那様の胸三寸。どこにも保証などないのよ。そんなものに、八重子様にはなってほしくないわ」

案の定、若く美しい郁子が嫁にきてからというもの、古参の妾たちは主人の寝室に呼ばれることがほとんどなくなってしまったそうだ。

『奥様』と呼ばれ、跪かれながらも、そんな二人に恨みがましい目を向けられる日々に、郁子は。

「――ぞくぞくしちゃうわよね。これこそ女の戦いって感じがして良いわぁ」

全く堪《こた》えていなかった。むしろ嫉妬されるこの状況を、他人事のように楽しんでいる有様だ。

郁子の父もまた幾人もの妾を抱えた艶福家《えんぷくか》だったらしい。よって、元々嫉妬や愛欲の渦巻く場所で暮らしていた郁子にとって、そんなものはさして痛くも痒《かゆ》くもない日常なのだろう。

まあ、血筋、美貌、若さ、そしてこの負けん気の強さを持ち合わせている郁子に、怖いものなどないのかもしれないが。

同じ華族といえども、八重子の家には妾を囲える金銭的余裕はなく、ぼうっとした父はやはりぼうっとした母一筋であり、これまでどろどろとした世界とは無縁で生きてきた。

よって、やはりどこか呑気な八重子が、この先郁子のように生きるのは、難しいだろう。

「……色々と大変なのね」

「そうね。だから優しい私は旦那様にお願いしたの。これまで通り、妾たちも平等に寝所にお呼びくださいって。これではあまりにも彼女たちが哀れですって」

夫である伯爵は、妾まで慮《おもんぱか》る郁子の優しさにいたく感動し、それ以後は妾たちも日替わりで寝室に呼ぶようになったらしい。

郁子にもそんな人情深い一面があるのだな、と八重子もうっかり感動しかかったのだが。

「あんな冴《さ》えない男の相手なんて、本当はしたくないもの。むしろ妾たちがいてくれるから、分担してもらえて万々歳よ」

そんな血も涙もないことを平然と口にして、可憐に美しく郁子は微笑んだ。

「……流石です。郁子様」

もうそれしか言えぬ。今日も安定の郁子様であった。彼女の潔さに思わず八重子は感嘆してしまう。

郁子はこの結婚に、全くもって情を介していないのだ。

彼女の夫である伯爵が、どう思っているかはわからないが。

まあ、この世には、知らない方が幸せなことも数多くあるのだろう。

女性が一人で生きることが難しい世界である以上、郁子の生き方を否定することなど、八重子にはできない。

――だがきっと自分は、郁子のようには割り切れない。

「……どうすれば良いかしら……」

困った八重子は途方に暮れる。想像以上に状況は厳しかった。

「それにしても、これまで結婚願望なんて欠片も見せなかった八重子様が、そこまで追い詰められているのだもの。何か事情があるのね」

郁子が心配そうに八重子を見つめる。彼女は、昔から八重子には優しい。

「なんとか、二十歳までには結婚をしなくてはならなくて……」

だからこそ、どうせなら実家に援助をしてくれそうな金を持った男性と結婚したいと考えたのだが。あまりにも認識が甘かったようだ。八重子は目を伏せる。

「……ごめんなさい、郁子様。そろそろお暇《いとま》するわね」

これ以上郁子に迷惑はかけられないと、八重子は供《きょう》されたお茶を飲み干し、席を立った。

すると郁子が何かを思い立ったらしく、呼び止める。

「ねえ、八重子様。今夜、華族会館で夜会があるのよ。よろしければ、あなたも参加なさらない？」

今夜行われる華族たちが集まる社交の場に、郁子は妻として夫である伯爵と参加するらしい。

公の場に夫婦同伴で参加することも、維新後西洋から伝わった形式《マナー》だ。

「状況は厳しくとも、やっぱり八重子様はお美しいもの。たとえ何もなくたって、あなた自身に惚れ込んでくださる方がいらっしゃるかもしれないわ」

その可能性は皆無ではないのだから、と郁子は笑った。

八重子は今までそういった社交の場に出席したことはない。もちろん興味はあるが、参加するための招待状もなければ、衣装もないのだ。

だから今夜も無理だと断ったのだが、郁子は一歩も引いてくれない。

「招待状も衣装も何もかも全て私に任せてちょうだい！　何事も経験よ！」

「……わかったわ」

郁子の押しの強さに負け、八重子は郁子から衣装を借りて、夜会に参加することになった。

「八重子さんは肩幅が広いのよね。しかも腰が高くて手脚が長くて日本人離れした体格《スタイル》をしていらっしゃるから、西洋の衣装がとてもよく似合うと思うのよ」

公の場で身に纏うドレスは、和服よりもずっと高価な品だ。よってもちろん八重子は一着も持っていない。

郁子は衣装箪笥《たんす》から次から次にドレスを出しては、八重子を楽しそうに着せ替え人形にしている。

八重子もこういった衣装を身に纏うのは初めてで、鏡の中の自分に見惚れてしまう。

「やっぱりお似合いだわ！　素敵！」

八重子を見て、郁子が歓声を上げる。確かに洋装の方が、普段の着物よりもしっくりとくる気がした。

どうしても足りない丈を、レースを縫い付けて誤魔化し、全ての準備を終える。

それから伯爵家所有の自動車に乗り、華族会館として使用されている鹿鳴館へと向かう。

その日初めて会った、郁子の夫である高峰伯爵は、郁子の言う通り、見るからに凡庸としかいえない男だった。郁子と並ぶと、どうしても見劣りしてしまう。

そんな彼は、八重子を夜会に連れて行きたいという郁子のわがままにも、あっさりと頷いた。

どうやらすっかり郁子に骨抜きにされて、完全に彼女の言いなりになっているようだ。

着飾った八重子を見て少々驚き目を見開いたが、自分の隣で甘える郁子にすぐに興味を移した。

確かに郁子は若く美しく賢く、そして甘え上手だ。きっと自慢の妻なのだろう。

どうかそのまま郁子の本性に気付かず、一生を幸せに過ごしてほしいと、八重子は切に願った。

そしてそんな高峰伯爵夫妻に連れられてやってきた鹿鳴館は、細部まで装飾の施された、美しい白亜《はくあ》の宮殿だった。天井には巨大なシャンデリアがいくつも吊り下がっている。

「すごいわ……！」

初めて見た鹿鳴館の荘厳さに、思わず八重子は高い声を上げる。

かつて明治の頃には、ここで毎夜のように舞踏会が開かれていたという。

だが今ではこうして、華族の社交のために時折使用されるだけとなってしまったらしい。

会場となる舞踏室には、数え切れないほどの着飾った人々で溢《あふ》れていた。これら全てが華族だというのだから、驚いてしまう。

どこもかしこもが眩《まぶ》しくて、八重子は目を細める。

心臓を高鳴らせながら、郁子と伯爵と共に八重子が舞踏室内に入れば、一気に人々の視線と関心がこちらへと向いた。

(な、何かおかしなところでもあるのかしら……?)

小柄な郁子の衣装を借りているため、そこかしこがきつくてピッチピチであることは自覚しているが、狐《きつね》の毛皮の肩掛け《ストール》をかけてなんとか誤魔化せているはずだ。

郁子や着替えや化粧を手伝ってくれた女中からも、素敵だと太鼓判を貰った。

好奇の視線を一身に受け、八重子の足が思わず竦む。

「しゃんとなさいませ。八重子様。おどおどしていると侮《あなど》られますわよ」

すると隣にいる郁子に小声で諭《さと》され、八重子は慌てて胸を張って顔を上げる。

金のかかる貧乏華族令嬢だと露見してしまえば、八重子に興味を持つ男性はいなくなるだろう。

なんとか最初だけでも、高貴な女性っぽい雰囲気を漂わせなければならない。

周囲の男性の視線が、八重子の豊満な体を舐めるように這《は》う。ぞくりと怖気《おぞけ》が背中に走るが、必死に顔を微笑みの形にして、自身を見せつけるようにゆっくりと歩く。

なんせ今の自分は、商品なのだ。できるだけ良い条件で買ってもらうためにも頑張らねば。

奥歯を噛《か》み締めて、震える足を必死に動かし、舞踏室の中ほどへと歩みを進めたところで。

――周囲がざわりと騒《ざわ》めいた。

（あら。何があったのかしら？）

八重子は首を傾げる。しかもその騒めきの中心が自分の方へと向かってくる。一体なんなのか。

しばらくすると、人波から一人の青年が、八重子の前へふらりと歩み出てきた。

サラサラの黒髪に、八重子よりもずっと高い身長。目の下の濃い隈《くま》が若干気になるが、繊細な面立ちの、美しい青年だ。

（まあ！　綺麗な人……！）

思わず八重子がぽうっと見惚れていると、彼は目を見開き、それからうっすらと微笑んだ。

――なぜか、八重子の背後に向かって。

周囲の女性たちが黄色い悲鳴を上げる。もちろん八重子の心臓も、バクバクと激しく脈打って壊れてしまいそうだ。

まあ、彼の視線は相変わらず八重子の背後にあるのだが。

「――君の、名前は？」

なんと声まで素晴らしい。低すぎず、だがよく響く艶っぽいその声は威圧感を感じさせず、実に八重子好みだ。

しどろもどろになりながらも、なんとか礼を欠かないよう、八重子は必死に言葉を唇に乗せる。

「斎賀八重子、と申します。……あの、何か私に御用でしょうか？」

すると彼は蕩けるような笑みを浮かべ、流れるようにその場に跪き、八重子の手を取った。

「――八重子嬢。どうか私と結婚していただけませんか？」

あまりにも突然のことに、彼が一体何を言っているのか、八重子はしばらくの間認識することができなかった。

「あ、あの……、その……！」

ようやく求婚されていると気付いたものの、何と返事をしたら良いのかわからず、助けを求めて近くにいる郁子を振り返る。

すると彼女は人が悪そうな笑みを浮かべて、親指と人差し指で丸を作ってぱちりと片目を瞑《つむ》った。

（どどどどうすればいいの……⁉）

八重子は混乱の極みだった。確かに結婚相手を探してはいたのだが、こんなにもあっさりと立候補者が現れるとは考えていなかったのだ。混乱と羞恥《しゅうち》と恐怖に襲われ、思わず視界が潤む。

郁子の反応を見るに、彼は結婚相手としてはそう悪くないのだろう。だが社交の場に出ることが初めての八重子は、そんな彼の名前すら知らないのだ。

彼が八重子好みの美形であることは確かだ。おまけに声も素晴らしい。さらにこれでお金持ちだったりしたら――むしろあまりに都合が良すぎて怖い。絶対に何か裏がある。

突然の幸運を素直に受け入れられるほど、八重子は世間知らずではなかった。

しかも彼の目は相変わらず八重子自身ではなく、八重子の背後へと向けられている。そのことも妙に引っかかる。

八重子が黙ったままでいると、男はさらににじり寄ってきた。まるで、逃がさないというように。

（いくらなんでも、彼のことを何も知らないのに、すぐに求婚の返事なんてできないわ！）

「……あの……！」

まずはお互いを知り合うためにお話をしませんか？　と八重子が妥協案を提案しようとした瞬間、突然何かがぶつかったように彼が身を捩《よじ》り、床に昏倒した。

「きゃあ！」

強く体を打ち付けたのだろう。大きな鈍い音がして、驚いた八重子は思わず小さな悲鳴を上げる。

「うう……」

八重子はすぐにしゃがみ込み、苦しげに呻《うめ》く男の頭を、その腕に抱え込む。

「だ、大丈夫ですか⁉　しっかりしてください！」

（あの時と一緒だわ……！）

かつて、学校からの帰宅途中で暴漢に襲われかけた時、やはりこうして男たちが突然昏倒したのだ。

その隙に、八重子は無事に逃げることができたのだった。

（つまりオシロ様が、私を守ろうとしている、ということ……？）

この男からは、八重子に対する害意は感じなかった。ならばその神様とやらは八重子に近づく男を無差別に攻撃している、ということだろうか。

だとするならば、こうして両腕に彼の頭を抱いていては、神からさらなる鉄槌《てっつい》が加えられそうである。

（どうしましょう……）

だが、果たして意識を失ったままの彼の頭を、しれっと何事もなかったかのように床に戻して良いものだろうか。それもまたあまりに血も涙もない気がする。

八重子はとりあえず男の頭を自らの膝に下ろすと、途方に暮れてしまった。

「……失礼するわね。うちの子が倒れたと聞いたのだけれど」

すると突然周囲の人集《ひとだか》りを割って、一人の女性が八重子と倒れた男の元へと近づいてきた。

どうやらこの男の親族らしい。天の助けとばかりに八重子はその女性を見上げ、そして絶句する。

この舞踏室の中にいる華族女性の中でも、一際豪奢な衣装を身に纏った彼女は、美しかった。

さぞかし高貴な生まれなのだろう。人に命令することに慣れているようだ。不思議と皆、彼女の声に従ってその場所を譲ってしまう。

もちろん八重子も、滲《にじ》み出る彼女の威厳《いげん》に圧倒されて動けない。

「あらまあ、うちの息子がごめんなさいね。若いお嬢さんのお膝をお借りしちゃって」

彼女は八重子の膝にある男の頭を見て、困ったような顔をした。

若々しく、成人した息子がいるようにはとても見えないが、どうやら彼女はこの男性の母親らしい。

八重子はさらに驚き、唖然《あぜん》としてしまう。年齢不詳にも程がある。

「この子は体が弱くて、よくこうして気を失ってしまうのよ」

そして御子息は病弱らしい。じっくりと見てみれば、確かに酷く顔色が悪い。

彼が倒れるのは珍しいことではなく、母である女性はその対応に慣れているようだ。慌てた様子はない。

女性の護衛であろうか、屈強そうな男が二人歩み出て、八重子の膝にいる青年を抱き上げ運ぼうとした。

「きゃっ……！」

だが、青年はなぜか八重子のドレスの裾をしっかりとその手に握り締めており、ドレスの裾が勢いよく捲《まく》れ上がってしまった。

八重子は慌てて裾を手で押さえ込み引っ張るが、彼は離そうとはしない。

「あら、まあ……」

青年の母は呆れたような声を上げた。八重子も羞恥のあまり、赤らんだ顔を伏せてしまう。

「この子が若い女の子にこんなにも近づくなんて、珍しいわね」

何を言われるのだろうと、八重子は思わず警戒し身を硬くするが、女性は面白そうにわくわくと八重子を見つめているだけだ。

「一体何があったのかしら？　誰か私に教えてくださる？」

するとそんな女性の問いに、八重子の代わりに郁子が歩み出た。

「恐れながら侯爵夫人。西院侯爵閣下は、そこにいる私の友人に求婚をなさっていたのです」

（こ、侯爵ですって……⁉　ちょっと待って！　大物すぎるわ……！）

想定外すぎる事態に、八重子は泡を吹きそうになった。

現在千近くある華族の家の中でも、侯爵の地位を持つ家は三十もない。

いくらなんでも、流石にそこまでの大物は望んでいなかった。

「それなのに求婚中に、突然倒れてしまわれて……」

「まあああま……！　なんてことなの‼」

すると侯爵夫人は目を輝かせ、喜色満面な顔で、八重子の手を自らの両手でぎゅうっと強く握りしめた。

若干その両目が潤んでいるのは、気のせいだろうか。

「可愛らしいお嬢さん。あなたのお名前はなんとおっしゃるの？」

「あ、あの、斎賀八重子と申します」

「斎賀……斎賀……。聞き覚えがあるわ。確か華族の方よね」

「はい、父が子爵位を賜《たまわ》っております」

一応爵位を持っていることは間違いない。そう、嘘はついていない。ただ極めて家が貧乏なだけで。

「私は西院瑠璃子《るりこ》というの。間抜けにも気絶しているその子は、要よ。これからよろしくね」

「は、はい。よろしくお願い致します……？」

うっかり返事を返してしまったが、一体自分は何に対してよろしくされているのか。怒涛《どとう》の展開に、八重子の頭はまるで状況に追いついていない。

「高峰伯爵家の郁子さん、だったわね。悪いけれど、お連れの八重子さんをお借りしてもいいかしら。息子が離そうとしないのよ」

「ええ、もちろん。どうぞ煮るなり焼くなりお好きになさってくださいませ」

そして八重子は唐突に親友に売られた。一体何故だ。

助けを求める親友の、この切実な視線が見えないのだろうか。

「それでは、八重子様。頑張ってくださいませね。ごきげんよう！」

楽しそうに笑ってそう言うと、小さく手を振って本当に郁子は八重子を置いて、夫と共にこの場を去って行ってしまった。

親友のあまりの薄情さに、八重子は愕然《がくぜん》とする。

（ちょ、ちょっと待って……！）

心の中で叫ぶが、人集りに紛れ、郁子の姿はあっという間に見えなくなってしまった。

「どうぞこちらへ。要が目を覚ますまで、私とお話ししましょうよ」

意識を失ったままの、どうやら『要』という名らしい青年は、相変わらず八重子のドレスの裾を握り締め離そうとはしない。

八重子は仕方なく、運ばれていく彼と同じ速度で、並行して歩くしかなかった。

舞踏室を出て救護室として使われているらしい、小さな部屋へと案内される。

そこに待機していた西院家お抱えの医師に要を診察してもらったところ、床に倒れた際に頭を打ち付けたことによる、脳震盪《のうしんとう》ではないか、との診断だった。

要は酷く病弱で、出かける際はいつもこうしてお抱えの医師を同行させているらしい。

大きな病気一つしたことがなく、医者にかかったこともない八重子は、つい彼に同情してしまう。

「この子が目を覚ますまで、どうかそばにいてあげてくれないかしら」

高貴なる侯爵夫人に、上目遣いでお願いされては、八重子に否やはなかった。

要が横たえられた寝台の横に設置された椅子に座り、八重子は困ったように彼に寄り添う。

そんな二人を、要の母である瑠璃子は相変わらずわくわくした様子で見つめている。

「八重子さんはお腹が空《す》いていて？　何か持って来させましょうか」

「い、いえ、結構です。お気遣いありがとうございます」

なんせ八重子が着ている郁子のドレスは小さく、コルセットをきつく締めて無理矢理詰め込んでいるために、僅かばかりのゆとりもない。

うっかり何か食べて胃が迫《せ》り出し、この高級な衣装がはち切れて破れてしまったら大惨事だ。弁償する金は、斎賀家にはない。

「……まあ」

そこで八重子が身につけている衣装が八重子自身のものではないことに、瑠璃子も気が付いたのだろう。

僅かに眉根を寄せられて、彼女を不快にさせてしまったかと、八重子は身を縮こまらせた。

（要様が目を覚まされたら、すぐに家に帰らなきゃ……）

やはり自分は、こんな場所にいるべき人間ではないのだ。

彼がドレスの裾から手を放してくれたら、すぐにでも家に帰ろう。そして、もっと身の丈に合った結婚相手を探そう。

「失礼だけれどこの衣装、全くあなたの寸法に合っていないじゃないの。せっかく素晴らしい体型《スタイル》をしていらっしゃるのに、勿体無いわ！」

惨めな気持ちになって背中を丸め、下を向いてしまった八重子に対し、瑠璃子はぴしゃりと言い放った。

八重子はしどろもどろになりながらも、必死に言い訳を口にする。

「あの、この衣装は郁子様にお借りしたものでして……」

「そんなことはわかっていてよ。だから勿体無いと言っているの」

そして、瑠璃子は困った顔をした八重子に、優しく微笑みかけた。

「素敵な衣装をたくさん作りましょうね。ちゃんと八重子さんの体に合ったものを」

「はい……？」

瑠璃子は一体何を言っているのだろうか。八重子は小首を傾げ、恐る恐る彼女を見上げる。

「もちろんお金の心配はしなくていいのよ。私の趣味で仕立てさせていただくから。ああ、楽しみだわ！」

本当は娘も欲しかったのよね、などと言いながら、瑠璃子は俄然《がぜん》目を輝かせる。

そこでようやく八重子は、瑠璃子が自分を西院家の嫁として受け入れようとしているのだ、ということに気付く。

しかも、どうやら非常に歓迎されているらしい。

いくらなんでもあまりに話が早すぎる。大体正直に言って八重子は、侯爵家の嫁に望まれるような条件を、持ち合わせていない。

瑠璃子の言動を鑑《かんが》みるに、八重子が金に困っていることは察されていると思われる。それなのに、一体なぜ。

「んっ……」

するとその時、要が小さく呻き、その切れ長の美しい目をうっすらと開けた。

やはりその目は八重子を素通りして、その背後へと向けられる。それから安堵したように微笑んだ。

「……よかった。逃げられてしまったかと思いました」

瑠璃子の位置からは、要が八重子を見つめているように見えるのだろう。

きゃあ！　っと彼女は嬉しそうな黄色い悲鳴を上げた。

「要さん、母に感謝なさい。ちゃんと捕まえておいてあげたわよ」

「ありがとうございます母上。助かりました。そして、彼女と結婚しようと考えております」

「ええ、もちろんわかっていてよ。ああ、あなたのお父様と出会った時のことを思い出すわぁ。それで、お式はいつにしようかしら」

「できるだけ早くしようと思っています」

「まあ！　熱烈なこと！　流石は私の息子だわ！」

八重子が口を挟めずにいるうちに、あっという間に親子間で結婚話がまとまっていく。

「ま、待ってください……！　私、一体何が何だか……」

ようやく八重子が声を上げられた時には、すでに話は式の招待客にまで及んでいた。

困惑した八重子の声に、くるりと瑠璃子が振り返る。

「八重子さんの婚礼衣装はどんなものが良いかしら。白無垢《しろむく》も良いけれど最近流行りの洋装《ドレス》も良いわねぇ」

どうやら、待ってくれる気はないようだ。さらには八重子を丸め込もうとしている。

そんな瑠璃子の押しの強さに、絶対に逃すまいという強い意志を感じる。八重子は震え上がった。

侯爵位を持つ西院家に嫁ぎたいという令嬢は、掃いて捨てるほどいるはずだ。しかも要は水も滴る美青年である。それなのになぜ、これほどまでに八重子に執着するのか。

眉を下げ困り切った表情の八重子を見て、要がぽんと手を叩いた。

「ああ、そういえば、まだ八重子嬢に求婚の返事をいただいていなかったのでした」

「あらまあお馬鹿さんね。それならとっととといただいてしまいなさい。私は席を外してあげるから」

物分かりの良すぎる母、瑠璃子はさっさと席を立つ。

「それでは頑張りなさいね。要さん」

そして救護室を出る際に息子を激励し、それから八重子を見つめてにっこり笑った。

その美しい笑みに不思議と八重子の背筋に冷たいものが走る。何やらもう、逃げられない気がする。

唐突に二人きりにされ、その場を沈黙が支配する。困ってしまった八重子は、必死に話題を探す。

「……あの、お体は大丈夫ですか？」

「ああ、問題無いよ。思ったよりは、優しく叩かれたらしい」

「………………」

一体彼は、何に叩かれたのか。やはり嫌な予感しかしない。すると要がまた流れるような所作で、八重子の手を握った。

「――斎賀八重子さん、どうか私と結婚してはいただけませんか？」

それから再度彼に求婚された。まるで、西洋の恋物語に出てきそうな場面だ。

きっと夢見る御令嬢ならば、胸をときめかせたことだろう。


――――彼の視線が、八重子の背後にチラチラと向けられていなければ。


すっと八重子の心が冷める。おそらく彼は、八重子に求婚しているのではない。

「……私の後ろに、何か見えますか？」

八重子は求婚の返事よりも、まずは事実確認を優先することにした。

「………」

八重子の問いに、要は押し黙る。八重子の予感は確信に変わった。

「要様。あなたはずっと私ではなく、私の背後ばかりを気にしていらっしゃる。それは、一体何故なのでしょう？」

明らかに求婚する女性に対する態度ではない。彼の目的は、おそらく八重子ではない。

相変わらず要は何も答えようとしない。そのため八重子は、さらに揺さぶりをかけてみることにした。

「そうですわね……たとえば『神様』でも見えた、とか？」

こてんと小首を傾げて聞いてやれば、要が大きく目を見開き、息を呑《の》み体を震わせた。

やはり彼には見えているのだ。八重子に取り憑いているという神の姿が。

「君にも、見えるのか……？」

動揺からか硬い口調が崩れ、要の目に期待の色が滲む。おそらくは、自分と同じ能力を持った人間を見つけたと考えたのだろう。

だが残念ながら、八重子は神に取り憑かれているだけであり、その姿が見えるわけではない。

彼の縋《すが》るような目に罪悪感を覚えつつ、静かに首を横に振る。

「申し訳ありません。私には見えないのです。ただ、神様が自分に憑いていることを自覚しているだけで」

そう言って八重子が頭を下げれば、要は少しだけ肩を落とした。

「いや、こちらこそすまない。だが見えないのに、どうして君は自分に神が憑いていると知っているんだ？」

「なんでも我が家は、代々結婚前の娘に神様が取り憑いてしまう困った家系らしくて」

「……それはまた、凄いな。一体どういう仕組みなんだ」

要は小さく笑った。整いすぎて冷たい雰囲気の彼の顔がふわりと緩む。

その美しさに思わず見惚れてしまった八重子だったが、慌てて自分を律する。呑まれてはいけない。

要には、八重子に取り憑いている神の姿が見えているという。――それは、つまり。

「要様が欲しいのは私ではなく、私に取り憑いている『神様』ということですね？」

図星を突かれたのだろう。要はバツの悪そうな顔をして、目を逸らした。

だが八重子は彼をじっと見つめる。しばしの沈黙の後、要は観念したように一つ深い溜息を吐いて、口を開いた。

「……正直に言おう。君が舞踏室に入ってきた瞬間、死霊まみれだったあの舞踏室が、一気に浄化された。おそらく君に取り憑いているという、神のおかげだ」

どうやら八重子に取り憑いている神を恐れ、要の目に見えていた多くの死霊たちが、あっという間にその場から逃げてしまったらしい。

自分の存在が、自分の見えない世界に大きな影響を与えている。なんとも不思議な話だ。

「私は物心ついた頃から、人ならざるものが見え、苦しんできた。昨夜も家で寝ていたら、身体中に矢が刺さって血まみれになった落武者の亡霊に伸《の》し掛かられ、首を締められたばかりだ」

「…………」

――――それは怖い。八重子には耐えられる気がしない。彼の目の下の酷い隈は、そのせいだろうか。

想像以上に殺伐とした日々を送っているらしい要に、思わず八重子も同情し、目頭が熱くなる。

「けれど君がそばにいてくれれば、死霊は寄ってこない。だから私は、君と結婚したいんだ」

やはり清々《すがすが》しいまでに利己的な理由で、八重子は彼から結婚を申し込まれたらしい。

もちろん一目惚れされた、などと烏滸《おこ》がましいことを考えたわけではないが、それでも若干寂しいものはある。

きっと彼は今、八重子に憑いた神のおかげで、平穏な時を過ごしているのだろう。

だが、これで八重子の心は決まった。やはりこの求婚を受けるわけにはいかない。

「申し訳ございませんが、求婚はお断りさせてください。……私はあなたに望みのものを差し出すことができません」

八重子がきっぱりと断れば、要の顔が悲痛に歪《ゆが》む。

要を哀れに思う。きっと彼には、八重子がまるで救いの手のように見えたのだろう。

だが残念ながらこの神は、彼の望むようにずっと八重子の元にいるわけではない。

「先ほど、我が家の結婚前の娘たちは神に取り憑かれる、と申し上げましたね。つまり結婚をしてしまえば、神は私の元から離れてしまいます」

そして、神がいなくなれば、要の望む効果は得られなくなるだろう。

八重子の話に衝撃を受けたのか、要の顔が歪む。

「……では、妻ではなく友人としてずっと側にいてもらうことは……」

「申し訳ございません。それもできないのです。私、二十歳までに結婚しないと『神の嫁』にされてしまうので……」

『神の嫁』になるということは、おそらく人ではなくなるということで。

つまりそれは、『人』としての『死』である可能性が高いと八重子は考えていた。

それを聞いた要の眉間に、くっきりと不快げな皺が寄る。そして八重子の背後を睨みつけた。おそらく神に対し怒っているのだろう。

「なぜ、そんなことになるんだ？」

「原因も由来もよくわかりません。ただそれゆえに我が家の娘は二十歳になる前までに、必ず嫁に行くようにと言われています」

だから時限の迫ってきた自分もまた、慌てて夫を探そうとしていたのだと八重子は白状した。

「おそらく二十歳になる前に、お、処女《おとめ》でなくなれば、神様から解放されるのだと思います……」

若い男性の前でその単語を口にすることは、なかなかに難しかった。羞恥で八重子は真っ赤な顔をして俯《うつむ》く。

条件だけならば、相手は夫である必要はないのかもしれない。

だが嫁入り前の貞淑な娘には、非常に抵抗がある。だからそれは、本当に最後の手段だと考えている。

多少の打算はあれど、ちゃんと夫となる人に、純潔は捧げたいのだ。

「……それにしても、こうして要様の目に映るのだから、本当に私には神様が憑いているのですね」

心のどこかで、ただの迷信であってほしいと願っていた。

だがこうして要の目に映る以上、残念ながら、『神の嫁』の呪いは真実なのだろう。

「ですので、申し訳ございませんが今回のお話はなかったことに――」

「なるほど。では、やはり私と結婚してくれ」

八重子の断りの言葉を遮るように、要はもう一度求婚してきた。理由がわからず、八重子は首を傾げる。

「あの、私の話を聞いておられましたか？」

「ああ。八重子さん。失礼だが君の年齢は？」

「ええと、今年で十七になりました」

「つまり、時限である二十歳まではまだ二年と少しある、ということでいいね？」

確かにそうなので、八重子は頷いてみせた。

「ならば時限《タイムリミット》までの二年間で構わない。その時間を私にくれないか……？」

「え……？」

要がもう一度八重子の手を強く握り、自らの額に戴《いただ》く。

「二年間だけでも、人ならざるものが見えない、そして襲われない普通の人間のような生活を送ってみたいんだ。もちろん時限がきたら、君を抱く。そしてちゃんと神から解放する」

「ひ、ひゃい！」

突然生々しいことを言われ、純情な八重子は動揺し、奇声を上げてしまう。

「君の実家への援助は惜しまない。もちろん結納金も出す。君自身の将来についても、できる限りの保証をしよう」

たった二年間の結婚生活で、これだけのものが手に入るのだ。悪い話ではない。八重子は強《したた》かに頭を巡らせる。

「ええと、つまり二年後に神から解放されれば、私は要様に離縁されるということですね？」

そして要は新しく、きちんと身分の釣り合った妻を娶るという筋書きだろう。

八重子には離縁された妻、という不名誉な事実が残ることになるが、それにしたって悪くない。

なんせ八重子には、もとより結婚する気はなかったのだから。

「いや、それについては正直なところどちらでもいい。離縁しても良いし、そのまま婚姻を継続してくれても構わない」

「え？　そうなんですか？」

「ああ、我が西院家の当主は代々短命だ。だから婚姻関係を続けても、どうせ遠くない未来に君は未亡人になる」

ひゅっと思わず八重子は音を立てて息を呑み込んだ。そんな彼女の顔を見て、要は困ったように笑う。

「……おそらく、この能力のせいなのだろうな。父は三十歳になる手前で狂い死んだし、祖父はもっと若く、二十代半ばで亡くなったという。家系図を辿《たど》ってみても、三十路《みそじ》を超えて生きていた当主は一人もいない」

自分に残された時間について、要は淡々と話す。だが本当はこれまで彼の中で、多くの葛藤《かっとう》があったことだろう。若くして自分の人生の終わりを突きつけられるなど。

「私もどうせ、数年のうちに死ぬだろう。だったら離縁された妻よりも、未亡人の方が名目上まだましな気がしないか?」

そんなことを戯《おど》けたように言う要が酷く痛々しい。胸が締め付けられ、堪《こら》えきれず、とうとう八重子の両目から涙がこぼれ落ちた。

「なんで、そんな……」

ぼろぼろと落ちる八重子の涙を、なぜか要は嬉しそうに眺めている。

それから「人に同情してもらえるのって、なんか良いな」などと言うから、八重子は余計に泣いた。

――なんて寂しい人なのだろう。未来を夢見ることすらできないなんて。

「こんな呪われた家、とっとと断絶してしまえばいいと思った。……だから本当は、結婚なんてするつもりはなかったんだ」

そんな息子の考えを、母も気付いているのだろう。だからこそ降って湧いた息子の結婚話に、あれほどにも喜び、そして急《せ》いているのだ。

――要が死ぬ前に、要が考えを改める前にと。

残された息子の時間を、少しでも夢のあるものにするために。

「……でも君となら、いいな。死ぬまでの日々を、楽しく過ごせそうだ」

そんな要の言葉に、さらに滂沱《ぼうだ》の涙を流し、八重子は覚悟を決めた。

色々と問題は山積みではあるが、そんなものは、足元から一つずつ片付けていけばいいのだ。

八重子は、基本的に前向きで、楽観的な性格であった。

手の甲で両目の涙をぐいっと拭うと、八重子は真っ直《ま》ぐ《す》に要の目を見返す。

「わかりました。あなたの妻になります」

求婚を受け入れられた要は、嬉しそうに笑う。

この人の残された日々を、少しでも彩ってあげたい。八重子はそう強く思う。


「……そして私があなたを看取ります。あなたが死ぬまで側にいます」


その時が来たら、彼が寂しくないように、その手を握ろう。

八重子の言葉に、要は呆気にとられる。それから噴き出して、声を上げて笑った。

「あははははっ……！　うん。やはり君がいいな」

手が伸ばされ、要の大きな手のひらが、八重子の頬を撫でた。

それから笑いすぎて涙で滲んだ綺麗な切れ長の瞳が、八重子に近づいてくる。

一瞬ながら、ふわりと温かくて柔らかなものが、八重子の唇に重なった。

――口付けを、されている。そう認識した途端、心臓がゴトゴトと物凄い音を立てた。

いくらなんでも手が早すぎやしないだろうか。案外積極的な方である。

だが、かつて男性に触れられた時に感じた嫌悪感や抵抗感は、不思議となかった。

唇が離れても、要の目は真っ直ぐに八重子自身を見ている。もう背後へと向けられることはない。

そのことを八重子は嬉しく思う。やっと要に自分自身を見てもらえた気がした。

――しかしそんなことよりも、気になってしまうのは。

「だ、大丈夫ですか？　神様怒っていませんか？」

なんせ彼は先ほど、八重子を自分の花嫁だと思っている神様にぶん殴られたばかりなのだ。

八重子は心配になってしまい、背後を振り返る。もちろん八重子には何も見えなければなんの気配も感じないのだが。

「……あ」

そこで要もその存在を思い出したらしい。しまった、という顔をしてようやく八重子の背後を見やるが、不思議そうに首を傾げた。

「……興味津々にこちらを見ているだけだ。なぜか尻尾を楽しそうに振っているが」

「……尻尾」

「ああ、言っていなかったな。君の後ろにいるのは、美しい巨大な白蛇だ」

「……白蛇」

「そう、本当に綺麗な蛇なんだ。虹色の光沢が浮かんでいて――――」

そこまで言って、蛇というものが世間一般的に、女性から怖がられてしまう対象であることに気付いたらしい要は、慌てて言い募る。

「だ、大丈夫だ。どうせ君には見えないだろうし、今のところなんの害もないし」

「確かに白蛇って神様って気がしますよね。私も見てみたいです」

全く手入れのされていない鬱蒼とした斎賀家の庭には、蛇がよく出没していたこともあり、八重子には彼らへの恐怖はあまりなかった。

それどころか「白い蛇だなんて、さぞかし綺麗なのでしょうねえ」などと呑気なことを口にしてしまったせいで、要に呆れ半分で笑われてしまった。

「さて、何はともあれ商談成立、ですね」

「……それは流石に色気がなさすぎる。せめて縁談成立、と言ってくれ」

拗《す》ねた口調で言う要に、八重子も笑う。確かに夫婦になるのだから、商談はないかもしれない。

「不束者《ふつつかもの》ですが、よろしくお願いいたします」

「――ああ。こちらこそ、よろしく頼む」

お互いに深々と頭を下げ合って、それから微笑み合う。

西院要と斎賀八重子の結婚契約は、こうして締結したのであった。

早速二人で瑠璃子に報告すれば、彼女は大喜びですぐに式の準備を始めた。

八重子との結婚の許可を得るため、要が斎賀家に訪れれば、娘のあまりの大物一本釣りに父は腰を抜かし、母はうっとりと美しい要を見つめ、姉《シスコン》が大好きな弟は「流石お姉様！」と褒め称《たた》えてくれた。

その挨拶の際、まるで幽霊屋敷のような斎賀子爵邸に、困窮状況を見てとったのだろう。

すぐに要は実家に経済的な援助をしてくれた。大変に申し訳なくて、さらに彼に尽くそうと八重子は決意を新たにする。

そして爵位持ちである華族戸主の結婚には、宮内省の許可がいる。要はすぐにその申請を上げた。

身分差を理由に否決されたらどうしようと八重子は心配していたが、思った以上にあっさりと許可が下り、二人はめでたく入籍をした。

没落しているとはいえ、一応は八重子が旧公家の家柄であり、華族であったことが良かったようだ。

最近では身分差のある婚姻も、比較的認められやすくなっており、華族と資産を持った平民との結婚なども増えているらしい。

結婚式もまた、瑠璃子の尽力によりさほどの間をおかずに、西院侯爵邸で盛大に行われることとなった。

侯爵邸は八重子の生まれ育った斎賀子爵邸の何十倍も広い巨大な敷地の中に、これまた巨大な日本屋敷と、壮麗な洋館が建っている。

結婚式の準備のため前もって侯爵邸で暮らすこととなった八重子は、初めてこの屋敷を訪れた際、その規模に自分はとんでもないところに嫁ぐのだと改めて思い知り、震え上がってしまった。

結婚式当日、八重子はこれまた瑠璃子が気合を入れて一から注文し用意してくれた、白無垢の打掛《うちかけ》とウェディングドレスを身に纏った。

どちらも一流の職人による途方もなく手の込んだ品であり、貧乏性な八重子は、うっかり値段を想像して気が遠くなりそうになった。

要も八重子に合わせて黒紋付きにフロックコートと、挙式と祝宴の間に和装から洋装に衣装を変えた。

八重子と暮らし始めてから、要は劇的に健康状態が良くなったらしい。

血色が良くなり、目の下の隈も消え、さらにその美貌が冴え渡っている。

八重子は自分の夫となる彼のその格好良さに、祝宴の間、しょっちゅう見惚れてしまった。

だが、要もまたしょっちゅう八重子を見てはその目を甘く緩ませるので、お互い様である。

彼の目が、八重子を通り過ぎてその背後を見ることは、もうほとんどない。そのことが、嬉しい。

ちなみに要曰く、八重子に憑いている神は、式の間八重子の美しい姿を嬉しそうに眺めたり、興味津々に周囲の招待客を見渡していたりしていたという。

「……なんというか、不思議な神様だな」

いずれは自らの嫁にするために八重子に取り憑いているはずなのに、こうして八重子が他の男のところへ嫁ごうとしているのに、気にしている様子がない。

白蛇の神にとって、嫁ぐとは交合を意味しており、結婚式という概念自体を持っていないのだろう。それとも神の目的もまた、八重子たちが考えているものとは違うのかもしれないが。

祝宴も終盤となったところで、ふと要が八重子の左手を取り、その薬指に指輪を嵌《は》めた。八重桜の花が連なる意匠《デザイン》の、純金の指輪だった。八重子のために要が考案し、百貨店にオーダーメイドで作らせたのだという。

結婚の証《あかし》に相手に指輪を贈るのは、明治から大正にかけて上流階級で広がり、定着した西洋文化だ。八重子も心密かに憧れていたのだが、流石にこれ以上は贅沢《ぜいたく》だと思い、口にしていなかった。だが要は八重子を喜ばせようとこっそり準備していてくれたらしい。嬉しくて、八重子の手が震えた。

「……私の命が続く限り、君を大切にする」

八重子の指輪を嵌めた手を握り締め、要は誓いの言葉を口に乗せる。

周囲が微笑ましそうに、そんな夫婦となったばかりの二人を見守り、祝福する。

だが八重子は彼の言葉の、その切実さと重さを知っていた。

ただの契約結婚だというのに、こんなにも大切にされていることが嬉しい。

震える喉を叱咤《しった》して、八重子もまた誓いの言葉を口にする。

「……では私は、要様のその一生を、幸せにしてみせます」

だからこそ、それに応えようと思う。たとえ残された時間が少ないとしても、その彼の人生がより充実し

たものになるよう、できる限りのことをするのだ。

美しく施してもらった化粧が剥《は》がれないように、必死に涙を堪えながらもそう言った八重子に、要は嬉しそうに笑う。


――こうして二人は、無事に夫婦となったのだ。

◇◇◇

西院侯爵夫妻の朝は、早い。

「おはようございます。要様」

いつものように着物の上に袴を穿《は》いて、女学校に行く準備を終えた八重子が、未だ寝台《ベッド》の上で布団に包まり、夢の世界から戻ってこない夫に声を掛ける。

「ほら、朝食の時間ですよ。そろそろ起きねば、大学に遅れてしまいます」

夫の要は相変わらず大学生であるし、八重子もまた結婚したにもかかわらず、女学校に通っている。

できれば学校をちゃんと卒業したいという八重子のわがままを、夫の要も、義理の母である瑠璃子も、快く受け入れてくれたためだ。

結婚したら退学することが当然とされる中で、未だに女学生でいることに怪訝《けげん》な顔をされることもあるが、気にしないようにしている。

「同じ年頃の女の子で集まって、お勉強をしたりおしゃべりしたりはしゃいだりするのは楽しいものね」

当時は仕方がなかったとはいえ、結婚して途中で華族女学校を退学してしまったことを、瑠璃子は内心で後悔していたらしい。

わがままを言って申し訳ないと、恐縮する八重子の背中を、そう言って押してくれた。

かつて自分がされた理不尽を同じように振りかざす人間が多い中で、そんなさっぱりした性格の瑠璃子のことを八重子は深く尊敬し、今では実の母に対するように懐いている。

そんな事情もあって西院夫妻は未だ学生のままである。そのため、本来怠惰に過ごす者が多い華族でありながらも、朝は早いのだ。

「いい加減に起きましょうよ、要様」

しばらく声を掛け続けたが、やはり要はピクリともしない。

仕方なくゆっさゆっさとその体を揺らしてやれば、ようやく彼はその形の良い目をうっすらと開けた。

「……ああ、おはよう、八重子」

気怠げに身を起こした彼の、着ている浴衣の合わせが肩から滑り落ちて大きく開き、引き締まった胸元があらわになる。

「…………」

――美形とは、寝起きの姿すら美しいのである。

朝日に照らされる夫の艶《なまめ》かしく罪深い姿に、八重子は大きく跳ねる心臓の音を必死に誤魔化しながら声を掛ける。要と共に暮らし始めてからというもの、八重子の心臓はいつも忙《せわ》しない。

「ほら、急ぎませんと。本邸で瑠璃子様がお待ちですよ」

せっかくの新婚なのだからという瑠璃子の計らいで、姑《しゅうとめ》である瑠璃子は本邸である日本屋敷に、新婚夫婦の要と八重子は同じ敷地内にある洋館で暮らしている。

だが八重子が瑠璃子の顔を見たいので、朝夕の食事だけは家族揃《そろ》って本邸で一緒にとることにしていた。

ちなみに当初の約束通り、夫婦の寝室は隣同士とはいえ、一応別になっている。二年後の冬、時限《タイムリミット》が来るまでは、契りは結ばないことになっているためだ。

要曰く、八重子に取り憑いた神の守護範囲は案外広く、この洋館を全て覆っているらしい。

よって、部屋が多少離れても問題はないそうだ。

結婚当初、彼とずっと同じ部屋で過ごさねばならないのかと考え、緊張していた八重子は拍子抜けした。

ちょっとだけ寂しく感じたのは、気のせいだと思いたい。

だが毎朝毎朝、ちっとも要が起きてこないので、結局気がついたらこうして彼の部屋まで彼を叩き起こしにいくことが、八重子の日課になってしまった。

「はぁ、今日も夜から朝までちゃんと眠れる幸せ……」

うっとりとした顔でそんなことを言い、枕にすりっと頬擦りすると、要はまた仰向けで寝台の上に寝転んでしまった。

夜はしょっちゅう亡霊に襲われるため、要は八重子がここに来るまで、まとまった睡眠が取れなかったらしい。

こんなにも眠ることが好きなのに可哀想な人だと、八重子は憐《あわ》れみの目で彼を見る。

そして、幸せそうに眠る要を無理矢理起こすのは、八重子とて非常に心が痛むのだが。

これ以上は流石に学校に遅刻してしまう。

しからばここは心を鬼にして――と八重子が思ったところで、突然要が身悶《みもだ》え始めた。

「わあ！　ま、待て！　巻きつくな！　くすぐったいだろう⁉　わかった、起きる！　ちゃんと起きるから……‼」

どうやら今日も八重子の背後に憑いているという白蛇の神様が、代わりに要を起こしてくれているようだ。

相変わらず八重子の目には神様の姿は見えないので、彼女から見ると要がただ一人ビクビクと身を捩らせているだけ、というなんとも不思議《シュール》な光景であるが、これもまた、西院家の日常風景である。

ようやく白蛇が解放してくれたのか、息を荒らげながら再度身を起こした要に手招きされ、八重子が近づく。

すると後頭部に手を回され、ぐいっと顔を引き寄せられる。

「んむっ……！」

そこにあるのは要の唇。そのまま口付けをされ、背中を撫でられる。

「ん、んんっ……」

驚き、思わず唇の間《あわい》を緩めてしまうと、そこへ要の舌が容赦無く入り込んでくる。

彼の舌は、八重子の口腔《こうこう》内を丁寧に探ってくる。敏感な粘膜を擦《こす》られ、八重子は思わずゾクゾクと体を震えさせた。

「ふっ、うんっ……！」

呼吸がうまくできず、どうしても鼻にかかった甘ったるい声が漏れてしまう。恥ずかしさに、今度は八重子が身悶えする番だった。

「――うん。良し。今日一日を頑張る気になった」

散々翻弄された挙句にようやく解放され、羞恥で真っ赤な顔をしている八重子を見て悪戯《いたずら》っぽく笑うと、要はひょいっと寝台を飛び降りる。

確かに契りは結んでいない。だがその前段階に当たる部分については、色々とされている気がする。

こんな風にいやらしい口付けをしたり、体のあんなところやこんなところまで触られたり、恥ずかしいことを無理矢理言わされたり等々。

まあ、彼に触られるのはとても気持ちが良いし、夫婦であるのだから、こうしたふれあいはなんらおかしなことではないとは思うのだが。

「もう……！　要様ったら！」

いくらなんでも朝っぱらからは恥ずかしい。だが要は八重子の抗議もどこ吹く風で彼女の手を取り、もう片方の手で何もない空間を優しく撫でる。

おそらくは、そこにいる神様の頭を撫でているのだろう。

一緒に暮らし始めて、不思議なことに要は八重子と同じくらいに、神様とも仲良くなったようだ。

「さあ、行こうか。流石にそろそろ母上に怒られそうだ」

「そもそも要様がいつも寝坊するのが悪いのではないですか？」

「あはは、すまないな」

「要様……。ちっとも反省していませんね……？」

要は誤魔化すように八重子の手を引っ張ると、上機嫌で母の待つ本邸へと歩き始めた。

八重子としてはまだ説教したいのは山々であるが、要が幸せそうなので、まあ良いか、と思う。


――おままごとのような二人の結婚生活は、今のところ順調である。

第二章　幸せな夜の話

――夜は、人ならざるものが活発になる。


昼間は形を保てない弱い霊も、夜になればその姿を現すようになり、要の視界はさらに濁ってしまう。

だから要にとって、『夜』とは、たまらなく苦痛な時間だった。

隙あらば亡霊たちが救いを求め、要にその手を伸ばしてくる。

だが要はただその姿が見えるだけで、その声が聞こえるだけで、彼らを祓《はら》う力は持っていないのだ。

取り憑かれ、悪夢に魘《うな》され、金縛りにあい、なぜ助けてくれぬのかと、恨みがましい目で見つめられる。

(早く夜が明ければいい……)

――酒を飲み、目を瞑り、耳を塞《ふさ》ぎ、自分の存在を隠し。ただ、必死に時間が過ぎるのを待つ。

彼にとっての『夜』とは、そういうものだった。――そう、ずっと、これまでは。

陽が落ちて夜の帳《とばり》が下りた頃、東京市でも有数の大きな屋敷の前で、西院侯爵家の車が停まる。

運転士が車の扉を開き、まずは西院家の当主である要が降りる。

明治初期に比べ社交の場は減ってはいるものの、侯爵の地位にある以上、ある程度はつきまとうものだ。要の体質の問題もあり、大抵のものは前もって断るようにしているが、目上の家からの招待などのどうしても断れないものに関しては、参加するしかない。

そして今日は公爵家の主催する夜会であり、所謂《いわゆる》断れない類の社交だった。

これまでならばまるで戦場に向かう兵士のような心持ちで、死者に満ちた地獄のような光景の中、それに伴う吐き気や悪寒などと必死に闘いながら社交をこなしていたのだが。

要は、流れるような所作で、自らが降りた車内へと手を差し伸べる。

すると白く細い手が、要の手の上にそっと下ろされる。その手のひらが僅かに震えている。

おそらく、随分と緊張しているのだろう。

「――――八重子。おいで」

優しくそう声を掛けてその手を握り締めれば、恐る恐る妻が車外に出てきた。

その顔が酷く強張っていて、要は出会った時を思い出し、少しだけ笑う。

この夜会は、八重子が西院侯爵夫人として初めて参加する社交の場だ。それは緊張するだろう。

結婚して半年が経った。八重子は姑である瑠璃子に師事して、必死に侯爵家の妻として必要な教養、礼儀などを学んできた。そしてこの度《たび》なんとか及第点を貰えたらしい。

その成果を要や瑠璃子のため、この場で出さねばと気負っているのだろう。

そんな八重子を真面目だな、と好ましく思う。その緊張を解いてやりたくて、要は彼女の細い腰を抱き寄せる。

「大丈夫だ。君はこの場にいる他の誰よりも美しい」

そして八重子の耳にそっと囁いてやれば、彼女は頬を赤らめたのちに、ちょっと拗ねたような顔をした。

おそらく、要の言葉をお世辞だとでも思っているのだろう。

だがこれは、お世辞などではなく明確な事実である。

間違いなく八重子はこの場にいる誰よりも美しいと、要は心の底から思っていた。

彼女の後ろについている白蛇も、要の言葉にしたり顔でうんうんと頷いている。どうやら要と同意見らしい。なかなか違いのわかる蛇である。

そしてうっとりとその金色の目を細めて、体をくねらせながら嬉しそうに八重子を見つめている。相変わらず表情の豊かな蛇である。

要の母である瑠璃子が八重子のためだけに見立てて作らせたドレスは、彼女の日本人離れしたすらりと長い手足と高い腰によく似合っていた。

八重子は和服よりも洋服の方が、やはり、圧倒的に似合うのだ。

正直、多少の夫の欲目もあれど、西洋人にだって引けを取らないくらいだと要は思っていた。

そして彼女が纏う、その年齢に不相応な匂い立つような色香が、またたまらない。

八重子自身は実にさっぱりした気性の持ち主なのだが、不思議と男の本能をざわりと波立たせ、落ち着かなくさせる雰囲気を持っているのである。

「なんとか要様に恥をかかせないように、頑張ります……」

「大丈夫。君が私の側にいてくれるだけで、十分だ」

するとハ重子がまた小さく唇を尖《とが》らせる。少しくらい期待してくれてもいいのに、という彼女の心の声が聞こえるようだ。

実は彼女は結構な負けず嫌いで、そして感情豊かで、思ったことがそのまま顔に出やすい。

見栄と建前を重視する華族としては、あまり良くない傾向なのかもしれないが、そんな不器用なところもまた、可愛いと思う。

何を考えているのかわからない人間よりも、ずっと良い。

要は辛抱堪らなくなり、その小さく尖らせた薔薇《ばら》色の唇を、素早く奪う。

「――んん！　もうっ！　要様ったら！」

軽く触れるだけのささやかな口付けだというのに、八重子は顔を真っ赤にして彼の胸元を叩き、抗議の声を上げた。

口ではすまないと詫びつつも、要は声を上げて笑う。どうやら彼女の緊張は無事に解けたらしい。

八重子が要の役に立ちたいと思ってくれる、その気持ちがとても嬉しい。

だが要としては、本当に側に居てくれるだけで十分なのだ。

彼女と白蛇が要の側に居てくれるだけで、周囲から悪《あ》しき人ならぬものが駆逐される。そして要は、普通の人間のようにその時間を過ごせるのだから。

何にも怯えず、この場にいられること。それ自体が要にとっては奇跡だ。

普通であることがどれほど難しく得難いものか、きっと彼女にはわからないのだろうけれど。

八重子と共に公爵家の広間に入れば、周囲の視線が一斉に彼らに向けられる。

本来華族の婚姻は、家と家との繋がりである。だというのに西院侯爵夫妻がこの時代には珍しい恋愛によって結ばれた夫婦であることも、人々の興味を引く理由の一つだ。

人嫌いの美しき西院侯爵が一目惚れして、人目を気にせず跪き求婚したという、八重子夫人。

一体どんな女性なのかと、皆が気になっていたのだろう。

要は思わず足を竦ませてしまった八重子の背中を撫でて、励ます。

すると覚悟を決めたのか、彼女が顔を上げて真っ直ぐに前を見据え、顔を微笑みの形にした。

そんな八重子に、周囲の者たちが息を呑む。

社交界の華である瑠璃子が厳選した、最新かつ最高級の衣装と宝飾品でその身を飾り、丁寧に化粧を施《ほどこ》された八重子は、周囲の身勝手な期待に応えるだけの美女となっていた。

もとより容姿に恵まれ、心身ともに安定したが故にさらにその美貌に磨きがかかった要と並び立てば、周囲からは感嘆のため息が漏れる。

そんな美しき西院侯爵夫妻が会場の中央に向けて歩き出せば、自《おの》ずと人波が割れ、道ができた。

妻を周囲に自慢したくてたまらないという、要の子供じみた虚栄心が満たされる。

そんな少々大人気ない感情も、要は八重子と暮らし始めて、初めて知った。

「随分とご機嫌ですね、要様」

思わず顔がにやけていたのだろう。不思議そうに八重子に言われて慌てて表情を引き締める。

適宜周囲の参加者と挨拶を交わし、歓談する。八重子は瑠璃子の教えのままに、そつなくこなしていく。

本人は付け焼き刃だと心配していたが、そんなことは全く誰も思わないだろう。

もちろん美しく艶めかしい八重子を、いやらしい目で見る輩《やから》もいる。

西院家の当主が代々短命なことを知っている者は多い。そして責任を取る必要のない未亡人は、若き華族の青年の、戯れの恋の相手として実に都合がいい。

前もって、狙いを定められているのかもしれない。そう思うと、要の中にどろどろとした焦りと嫉妬の感情が湧き上がる。

実際に要の命はそう長くはないだろう。だがその後、未亡人として残された八重子は、一体どうなってしまうのだろうか。

母の瑠璃子がついているから、それほど酷いことにはならないと思いたいが。人の心に付け込もうとする人間は、腐るほどいる。

(そういえば、これまで自分の死んだ後のことなんて、考えたことがなかったな……)

――――これまでは、そんな余裕も、未練もなかった。

「――――あ」

その時八重子が小さな声を上げた。どうやら人波の中に女学校の知り合いを見付けたらしい。

要は彼女の望むまま、彼女の引っ張る方向へとついていってやる。

そこに見つけたのは高峰伯爵夫人、郁子だった。

だが郁子はこちらに気付きながらも、軽く頭を下げるだけで、声を掛けてこようとはしない。

「お久しぶりね、郁子様」

八重子が緊張した声で、親友に声を掛ける。

公の場での声掛けは、基本的に身分の高い者から低い者に対して行われる。たとえ親しい友人であってもそれは変わらない。

特に女性は結婚した相手によって、それまでの互いの立ち位置が一気に変わってしまう。

これまでは伯爵夫人であった郁子の方が、子爵令嬢である八重子よりも上の地位にいた。

だが八重子が侯爵家に嫁いだことにより、その地位は入れ替わった。

そのことになんとも言えない居心地の悪さがあるのだろう。八重子は不服なようだが、身分とはそういうものなのだから仕方がない。

だが高峰伯爵夫人は、それを全く気にした様子もなく、にっこりと笑って腰をかがめた。

「お久しぶりです。八重子様。そして西院侯爵閣下」

他人行儀なその挨拶に、八重子が僅かに傷ついた顔をする。要は宥《なだ》めるように、その背中を優しく叩いてやった。

すると高峰伯爵夫人郁子がチラリとこちらを見やる。その視線にはどこか敵愾心《てきがいしん》が潜んで見えた。

なんだかんだと八重子のことを、ずっと心配していたのだろう。

西院家は、呪われた家だ。後になってそれを知り、八重子をとんでもない場所に嫁がせてしまったと、彼女が後悔しているのだとしたら。

要の胸がしくりと痛む。何故か八重子の親友である郁子に、八重子の夫として認められたいと、そう思ってしまったのだ。

要と八重子は、恋愛結婚であるとされているが、実のところは互いの利害の一致による、契約結婚でしかないというのに。

（いや、それだけでは無いか）

――少なくとも、要の中では。

八重子と結婚し、共に暮らし始めてからというもの、日々、要の中で八重子の存在が大きくなっていくばかりだ。

（……つまりこれは、そういうことなんだろうな）

要は契約結婚した妻に、恋をしてしまったのだ。本当の夫になりたいと、願ってしまっているのだ。

今、郁子のそばに、夫である高峰伯爵はいない。どうやら奥まった場所で、煙草《たばこ》と賭け事に興じているようだ。

だが衆目もあり、聞き耳を立てられていることも考慮して、親友二人は差し障りのない会話をしている。

社交とはそういうものだ。些細《ささい》なことから、いつ陥《おとしい》れられるかわからないのだ。

（本当は、友達同士で気兼ねなく話したいこともあるだろうに）

結婚して以後、八重子は必要以上に要から離れない。おそらく、要を守るためなのだろう。要が極力白蛇の守護範囲から外れてしまわないようにと、学校への行き来以外には実家にも帰らないし、郁子のところへ遊びに行くこともない。

これまでは頻繁《ひんぱん》に行っていたようだから、そのことに郁子は怒っているのかもしれない。多少なら大丈夫だと要は言っているのだが。

それだけ八重子が要のことを最優先に考えていてくれているということなので、正直嬉しくはある。

「――西院侯爵閣下。どうぞ八重子様のことを大切にしてくださいませね」

最後に、要は郁子に念押しされた。一見儚げな容姿をしているが、随分と芯《しん》がある女性らしい。

郁子は実は猛者なのだと、前に八重子が言っていた意味がわかる。

目上の男性に対し、女性がこうもきっぱりと物を言うのは珍しい。きっとそれだけ八重子を大切に思っているのだろう。

「――ああ、言われなくとも」

要は笑って請《う》け負った。自分の命あるうちは、八重子を何よりも大切にするつもりだ。死んだ後だって、自分に遺せるものは全て遺そうと思っている。

それが八重子の献身に対し、要ができる唯一のことだ。

「どうか今後とも、妻と仲良くしてやってくれ」

そう要が請えば、郁子はつんと顔を上げ、「言われなくても。当然ですわ」と言ってくれた。

要にはこんな風に心を通い合わせるような友人がいない。この体質もあって、どうせ近く死ぬのだからと、これまで他人に深く関わろうとしてこなかった。

だから八重子と郁子の関係を、とても羨ましく感じる。

友人が欲しい、などとこれまで思ってもみなかったことを思ってしまった。

夫と親友のやりとりに、八重子は恥ずかしそうに顔を赤らめている。

己の安寧《あんねい》のため、八重子を利用している自覚はある。けれどそれだけではないことも、いつか彼女に伝わればいいと思う。

この命が尽きるまで、要の全ては八重子のものだ。それは、愛以外の何物でもないだろう。

やがて音楽が流れ始め、要は八重子の手を引いてダンスの輪に加わる。

体を寄せ合い、流れる音楽に合わせて足を踏み出し踊り出す。

女学校で最低限の指導は受けていたものの、八重子はこうして人前で踊るのは初めてだという。

かつて鹿鳴館の花と謳《うた》われた瑠璃子の厳しい指導を受けた八重子は、女性にしては大きめの体で、迫力あるダンスを踊る。

ダンスにおいて、男は添え物だ。でしゃばらず、いかに女性を美しく見せるかが、腕の見せ所である。

同じく子供の頃から徹底して母の指導を受けた要の腕の中で、八重子は美しく舞い踊る。おそらくは、元々の運動神経も良いのだろう。

見つめ合い、微笑み合う。すると、その背後で嬉しそうに白蛇もその巨大な体をくねらせて踊り始めた。おそらくは八重子の真似をしているつもりなのだろう。その白蛇のダンスが面白くて、要はついチラチラと妻の肩越しに見てしまう。

今日も随分と楽しそうだ。相変わらず呑気な神様である。きっと人間が好きなのだろう。

要はすっかりこの神に、警戒心をなくしていた。

行動がいちいち子供じみているので、最近では可愛いとすら思うようになっていた。

「要様……?」

思わず顔がにやけてしまい、またしても妻に訝《いぶか》しげな目で見上げられてしまう。

「すまない。君の後ろで白蛇がくねくねとけったいな動きをしながら踊っていて」

堪えられずに噴き出すと、八重子が小さく唇を尖らせた。

「……いいなあ。私も見てみたい」

八重子も巨大な白蛇のダンスを見たいらしい。確かに面白いが、淑女が好んで見るものではないだろう。

そうやっていつも、八重子は要にしか見えない、もう一つの世界を肯定してくれる。

自分には見えないものを、否定しないでいてくれる。そのことも、随分と要の心を軽くしていた。

曲が終わり、互いの体を離せば、周囲から拍手喝采《かっさい》が起きた。

知らぬ間に周囲から鑑賞されていたことに驚き、目を見開きつつも、八重子はすぐさまドレスの裾を持ち上げ、艶《あで》やかに微笑み美しく礼をして見せる。

そう、彼女は覚悟が決まると強いのだ。

結局その日の社交をうまく乗り切って、途中から参加した瑠璃子にもばっちり及第点を貰った八重子は、帰りの車の中でご機嫌だった。嬉しそうににこにこ笑っている彼女はとても可愛い。

これまで社交などただ気が重いだけだったのに、こうして八重子が隣にいてくれるだけで、こんなにも楽しめてしまうのだから、なんとも現金な話である。

夫婦共に学生だからと公爵に断り、早めに切り上げて帰宅したものの、家に着いたのはもう日付が変わる寸前だった。

残念ながら明日は普通に学校だ。早めに寝なければならない。——そう、わかってはいるのだが。

「……な、なんでこんなことになっているんでしょう？」

顔を真っ赤にし、目を潤ませた八重子が、焦った声で訴える。

「ん？　予行練習……かな？」

要は八重子を寝台《ベッド》に押し倒しながら、嗜虐的《しぎゃくてき》に笑って適当なことを言った。

そう、これはいつか彼女を抱くための予行練習なのだ、ということにしている。

契約結婚とはいえ、間違いなく彼女は要の正式な妻なのだから、許されるだろう。

要の寝室と八重子の寝室は別だが、隣同士だ。だから夜寝る前に、要は必ず隣の妻の部屋に「おやすみ」

を言いに行く。

だが、彼女の部屋に入ってしまうと「おやすみ」を言うだけでは済まなくなってしまうのは、お年頃なので仕方がない。

なんせ、湯上がりの妻は色っぽく非常に美味《おい》しそうで、誘っているようにしか見えないのだ。

辛抱たまらず、その柔らかな体を抱き寄せ、うっかり寝台に押し倒してしまっても仕方がないと思う。

——最近色々と辛抱が利かなくなっているのは、きっと要が幸せだからで。

長く艶やかな八重子の黒髪が、寝台の上に扇状にさらりと音を立てて広がる。

要の腕の中で、眉根を下げて困った顔をした八重子が、非常に可愛い。

だが、困ってはいても白蛇が攻撃してこないあたり、八重子は本気では嫌がっていないのだろう。

一緒に生活するようになり、どうやら白蛇は八重子の感情に反応しているらしいことに、要は気付いた。

そして八重子は現在、要に対し、恐怖や警戒心を持っていない。

だから白蛇が要を攻撃することはなく、こうして触れ合って戯れる二人を、やはり興味津々に見ているだけだ。

八重子から自分を害する人間ではないと認識され、信頼されている事実が誇《ほこ》らしい。

——まあ、それに甘えて、毎回要は彼女を好きなように愛《め》でてしまうわけだが。

八重子の薔薇色の唇を自らの唇でそっと塞ぐ。先ほど風呂に入ったばかりだからか、彼女からふわりと、石鹸《シャボン》の良い匂いがする。

「ん……んんっ……」

最初は表面を触れ合わせるだけの、親愛の口付けを。やがて八重子から甘やかな吐息が漏れてくれば、角度を変えながら深く、咥《くわ》え込むような口付けを。

そして緩んだ唇を割り開き、舌を侵入させる。八重子の柔らかく温かな内側を、隅々まで探る。

綺麗に並んだ真珠のような歯や頬の内側を舌先でなぞり、喉奥へと逃げようとする、初心《うぶ》な彼女の舌を絡めとり吸い上げる。

「んっ……あ、むっ……」

うまく呼吸ができないのか、合わさった唇の隙間から、悩ましい声が溢れる。

散々口腔内を嬲《なぶ》ってやれば、次第に八重子の体から力が抜け、くたりと寝台に沈み込んだ。

それを見計らって、要は彼女の着ている浴衣の帯を緩め、首元の間《あわい》から手を侵入させる。

触れた肌は滑らかで、手に吸い付くようにしっとりとしていた。そっと手のひらで包み込んだ大きな胸は、どこまでも沈み込んでいきそうなほどに、柔らかい。

そのままふわふわとその双丘を揉《も》んでいると、物足りなさそうに、八重子が身じろぎする。

彼女の期待に応えるように、要は刺激を求めて硬く勃《た》ち上がり、色味を増したその頂の表面を、指の腹で優しく撫でてやった。

「んんっ……」

八重子が背中を反らし、悩ましげな声を漏らす。それに気を良くした要は執拗《しつよう》にその薄紅色に色付いた縁をなぞり、その中身にあるしこった実を摘《つま》み上げ揺すった。

「あ、ああ、ん」

体をうずうずと動かしながら、八重子が小さく切ない声を上げる。膝を擦り合わせるようにしているのは、きっと、徐々に募る体の疼《うず》きを逃すためなのだろう。

だが要は情け容赦なく、八重子のその小さな両膝を、自らの体を割り込ませて引き離す。

すると、浴衣の裾が大きくはだけて、目に眩しいほど真っ白な太ももが剥き出しになった。

八重子はその太ももに、要の体を挟み込み、それ以上の侵入を食い止めようとする。

だが、要の手は乳房を離れ、真っ直ぐに割り開いた脚の付け根へと伸ばされた。

それから腰巻をたくし上げると、薄い下生えの中に隠された、慎ましくぴたりと閉じた割れ目へと至る。

その割れ目に沿って、要が指の腹を滑らせれば、八重子ががくがくと腰を震えさせた。

「や、だめぇ……」

甘やかに溢れる制止の言葉には、力がない。

一応乙女としての羞恥からか、止める素振りをしているが、実際にはやめてほしくないのだろう。

要の胸の奥に、嗜虐的な感情が湧いてくる。八重子に、もっと無様に自分を求めてほしいと思う。

割れ目を何度も執拗に撫でていると、じんわりと蜜が溢れ、滑りが良くなる。

そして、蜜を指先に絡ませ、その割れ目につぷんと沈み込ませる。

「ひっ！　あ、あ……！」

要の指先が襞《ひだ》の間に隠された小さな肉珠《にくじゅ》を見つける。女性の体で最も性的快感を得やすいという、小さな神経の塊。

要はその表面を触れるか触れないかの強さで、優しく撫でてやった。

「あ、や、あああ」

体を震わせながら、八重子が小さく呻きを漏らす。

「八重子……気持ち良いか？」

耳元に流し込まれた問いに、八重子は顔を真っ赤にしながらも、恥ずかしそうに小さく頷いた。

（ああ、妻が可愛すぎる……！）

そのまま蜜を絡ませた指先でぬるりと小さな芽を愛でていると、八重子がもじもじと腰を動かし始めた。

快感に慣れ、刺激が足りなくなってきたのだろう。素直で、感じやすい体だ。

要は小さく笑うと、もう一方の手で八重子の浴衣の合わせを大きく開き、まろびでた乳房の赤く色づく頂を唇で食《は》み、歯を当て、そして強く吸い上げた。

「ひうっ……！」

八重子の内腿《うちもも》に力が入る、おそらく、果てが近いのだろう。

こうなると、多少乱暴にしても痛みは感じないと知っている。

要は乳首を歯で扱《しご》きながら、刺激を求めて熱を持った陰核を、指の腹でぐりっと押しつぶしてやった。

「や、あああっ‼」

高い嬌声を上げながら、達した八重子がガクガクと体を大きく震わせる。

爪先までピンと力が入り、尻の方へと伝い垂れるほどに蜜を湛《たた》えた膣口《ちつこう》が、ヒクヒクと痙攣《けいれん》を繰り返す。

何も受け入れたことのない、無垢な小さな穴の入り口をそっと指先でなぞり、要は深いため息を吐いた。

ああ、ここに己のものを納めることができたら、どれほど気持ちが良いのだろうか。

きっと温かく、そして柔らかく、吸い付くように要を迎えてくれるに違いない。

——だが、今はまだこの先に、指を挿《い》れることすら憚《はばか》られる。

もし少しでも純潔の印を傷つけてしまったら、どうなるかわからないのだ。

要は、未だ小さく脈動を続けるそこから未練たらしく手を離すと、快楽に翻弄され、ぼうっとしたままの八重子を、強く抱き締めた。

八重子の速い鼓動と、荒い呼吸、そして汗ばんだ肌を堪らなく愛《いと》しく思う。

この美しい女をこんなにも乱れさせているのが自分だという事実に、男としての自尊心がくすぐられる。

これまで、全く女性に興味がなかったというのに。結婚して半年が経っても、八重子への興味は、増えるばかりで尽きることがない。

汗に塗《まみ》れたその愛らしい顔に口付けの雨を降らしていると、八重子が小さな声で不安そうに聞いてきた。

「あの……予行練習にしたって、こんなことまでしてしまって良いのでしょうか？」

処女でなくなれば、彼女に憑いている白蛇はいなくなってしまう。そのことを心配しているのだろう。

八重子自身の望みは、まさにその、神からの解放のはずだ。

つまり彼女はただ、白蛇を必要としている要のためだけに、心配してくれているのだ。

本当に心優しい娘だ。要は思わず、泣きそうになる心を必死で堪える。

「純潔を散らさなきゃいいんだろう？　大丈夫だ。問題ない」

中にさえ触れなければいいのだ。まあ、本当は物凄く触りたいし、思い切りぶっ込みたいのを、必死に我慢しているのだが。

外にある感覚器だけでも、八重子を十分に気持ちよくしてやれる。

「……でもこれで、まだ純潔と言えるのでしょうか……？」

与えられた快楽の残滓《ざんし》に目を潤ませながら、それでも理性を手繰り寄せ不安を訴える八重子は、やはりとても可愛い。

「純潔の印には一切傷付けていないから、大丈夫だろう」

要はすでに、処女膜さえ破らなければいい、という動物的な結論にまで至っていた。よってそれ以外はやりたい放題である。

なんせこんなに可愛い八重子が、一つ屋根の下にいるのだ。しかも、正しく自分の妻として。

つまりは、手を出さないでいられるわけがないのである。

白蛇が相変わらず要と八重子に絡まっているが、これまた不思議と楽しそうにしているので、多分問題はないのだろう。きっと蛇には前戯という概念すらあるまい。

要は八重子から身を離す。すると、八重子が僅かに寂しそうな顔をした。

少々、いやかなり後ろ髪を引かれるが、ぐっと堪える。

流石に一晩一緒の寝台で過ごすとなると、我慢できる自信がない。

要は大人しく自分の部屋へ帰ろうと、八重子の寝台から降りた。

すると白蛇が要から離れ、それまで要がいた八重子の隣に、しゅるりと体を伸ばして寝そべった。

「…………」

羨ましい、などとは思っていない。少ししか。

初心な体に快楽を叩き込まれ、未だぼうっとしている八重子は、随分と眠そうだ。

要は真っ直ぐなその黒髪を撫で、そして形の良い彼女の額に唇を寄せる。

「――おやすみ。八重子。良い夢を」

「……はい。おやすみなさい。かなめさま……」

もう半分夢の中なのだろう。幼げな口調で言って、八重子はそのまま瞼《まぶた》を落とし、眠ってしまった。

大人っぽい雰囲気の八重子の寝顔は、年齢相応に幼い。その可愛らしい顔を心ゆくまで堪能する。

それから彼女の部屋から立ち去ろうとすると、白蛇が尾だけを寝台から出して、要に向かってふりふりと振った。

それは「後は任せろ」なのか。それとも「おやすみ」の挨拶なのか。もしかしたら、両方かもしれない。

最近神であるはずのその白蛇に対し、畏敬の念がかなり薄れている。

少々悔しい思いをしつつも自分の部屋に戻り、一人、冷たい寝台の中に潜る。

そして、先ほどまでの八重子の感触や表情、声を思い出しながら、幸せな気持ちで目を瞑り、猛《たけ》ったままの自身を慰める。

「……っ！」

自らの手の中に欲を吐き出せば、その後はなんとも言えない虚《むな》しさが要を襲う。

だがこうして性的な欲求が出てきたのも、八重子と暮らし始めてからだ。

それまで要は、年齢の割に随分と性的欲求が薄かった。きっと心身ともに弱りきっていたからだろう。

八重子と白蛇のおかげで随分と健康になり、忘れられていた欲を思い出したのだ。

（ああ、抱きたいな……）

汚れた手を清めながら、そんなことを思う。

いずれ、彼女を抱くことになるだろう。だがそうしたら、要の死をも手繰り寄せることになる。

もう一度寝台に潜り込み、目を瞑る。冷たい布団に体温が奪い取られ、やがて温まっていく感覚。そのうち、意識が闇に溶ける。

白蛇が隣の部屋にいるため、悪しきものは近寄ってこない。だからこうして要は安心して目を瞑ることができる。

要にとって、あれほど恐怖と苦痛でしかなかった『夜』。

だが今となっては、八重子に触れることができる、そしてゆっくりと眠ることができる、愛おしく、温かな、待ち遠しい時間となっていた。

そして八重子の優しい声と共に、朝がくる。

「おはようございます！　要様！」

僅かに陽の光が透ける重い瞼を必死に持ち上げて、最初に目に入るのは、愛しい妻。――ただただ、最高である。

（なんて、幸せなのだろう）

こんな幸せな日々が、自分に来るとは思わなかった。たとえ、それが期間限定であっても。

――だからきっと、これ以上を望むのは、烏滸がましいことなのだろう。


要が大学へと向かう車の中で、昨夜の妻の痴態を思い出しながらにやにやと笑っていると、いつものように女学生らしく髪を半結びにし、袴を身につけた清楚《せいそ》な格好をした八重子が、隣の席から呆れたような、物言いたげな目で見てくる。

きっと要が何を想像しているかを、察しているのだろう。

そんな清純そうな彼女が、つい数時間前まで自分の体の下で淫らに喘《あえ》いでいたことをまた思い出して、要はさらにニヤニヤが止まらなくなってしまう。

「もう！　本当に、要様は助平《すけべい》です……！」

とうとう耐えられなくなったのか、目を潤ませながらの八重子の必死の糾弾は、やはりただ可愛いだけである。

おそらく白蛇もそう思っているのだろう。ぴょこぴょこと首を縦に振っている。

「その通り。残念ながら私は助平な生き物だ。諦めてくれ」

――もちろんそれは、八重子に対してのみ、だが。

開き直って堂々と言い切ってやれば、八重子は顔を真っ赤にして、グッと押し黙った。

やはり今日も我が妻は、とても可愛らしい。もうそれしか言えない。

「偉そうに言うことですか？　ふしだらな女になってしまったみたいで、私悩んでいるのに……！」

「夫の前で、妻がふしだらになることに、一体何の問題があるんだ？」

全く問題ない。むしろ喜びしかない。八重子の感じやすい体を、要は心の底から愛おしく思っている。

「……もう、いいです。要様が幸せそうなので」

夫の言葉の通じなさに諦めたのか、八重子は肩を落とし一つ軽いため息を吐いてから、仕方がないとでも言うように、困った顔で笑った。

今日も妻が優しい。彼女を見つめながら、自分は果報者《かほうもの》であると、要はしみじみ思う。

結婚式の際、要を幸せにしてみせると豪語した八重子は、その約束を律儀に守っている。

今のような女学生姿も可愛いが、もうすぐこの姿も見納めだ。

八重子も要も、桜が咲く頃になれば、それぞれに学校を卒業する。

そうしたら、もっと長い時間、夫婦で共に過ごすことができるはずだ。そのことが、今から楽しみでたまらない。

そんな、未来に夢を見るという感覚も、八重子が与えてくれたもので。

「そういえば要様。今度上野《うえの》にある動物園に行きませんか？」

八重子が、目をきらきらとさせながらそんな提案をしてきた。

確かに要も、動物園には物心がつくかつかないかくらいの時に家族で行ったきりだ。

――父が、まだ人としての理性を保っていた頃。

「なんでも『象』や『きりん』という名前の、巨大な動物がいるそうですよ」

八重子と共にいれば、彼女に憑いた白蛇のおかげで、周囲から人ならざるものが駆逐され、要はどこにでも行くことができる。

それを知っているからこそ、八重子はこうして折に触れ、要を外へと連れ出そうとする。

この体質のせいで、今まで彼が見ることができなかったものを、できるだけ多く見せようとするかのように。

正直なところ動物園には興味はないが、八重子が『象』や『きりん』を見て、驚き、喜んでいる姿は見てみたいと思う。絶対に可愛いに違いない。

「ああ、わかった。一緒に行こうか」

つまりこれは逢引《デート》である。

要と八重子は結婚してからの休日を、必ず共に過ごしている。

出かける度に「あらまあ仲が良いのねえ」とにやにや笑う母に揶揄《からか》われたりもするが、新婚で逢引しないでいつするのか、と要は思っている。

なんせ八重子と過ごす全ての時間が、途方もなく貴重なのだ。

「そうだわ。せっかくですもの、瑠璃子様もお誘いしましょうか」

「……いや、母は動物がそんなにお好きじゃなかったような気がするから、二人でいいんじゃないか？」

適当なことを言って、要は八重子と二人きりの逢引を強調する。

母のことは大切だが、我らは新婚なのである。できるならば二人きりになりたい。

（……いや、二人じゃないか。二人と一柱《ひとはしら》か）

もちろん八重子に憑いた白蛇も、漏れなく一緒についてくる。

そもそも彼がいなければ、要の安寧はない。

お出かけがよほど嬉しいのだろう。話を聞いていた白蛇は、その大きな体をくねらせながら、喜びを表現している。

どうやら彼には言葉が通じるらしいということにも、最近気付いた。――ただ、声帯がないだけで。

そして、撫でろとばかりに要の膝にその平べったい頭を乗せてくるので、いつものように、よしよしと優しく撫でてやる。

すると、気持ち良さそうにうっとりとその綺麗な金色の目を細める。今日も随分と人懐っこい神である。

どうやら白蛇は、要に自分の姿が見えていることに気付き、さらにそのことを非常に喜んでいるらしい。

最初の出会い頭《がしら》の一撃以後、要に対し暴力的な行動を一切とってこない上に、やたらと懐いてくる。

今では要もこの白蛇に対し、まるで幼い弟に向けるような、家族に近い感情を抱いている。

（自分の人生に、こんなに幸せな時間が訪れるなんて、思いもしなかったな……）

要は、自分の体に絡みつき戯れてくる巨大な白蛇の胴体を、ぺちぺちと優しく叩いてやりながらそんなことを思う。

車が止まり、運転手が扉を開けてくれる。どうやら八重子の通っている女子学習院に着いたらしい。

「いつもありがとうございます。それでは要様、行って参ります」

「ああ、頑張っておいで、ってこら！　舐めるな！」

八重子と共に車を降りる白蛇が、別れを惜しむように、要の顔中を先端が二つに分かれた細い舌でペロペロと舐めたのだ。

慌てる要を見て、くすくすと楽しそうに八重子が笑い、白蛇を連れて出て行く。すると一気に車の中が寂しくなってしまった。

「それでは旦那様、大学の方へ車をお回しいたします」

「……ああ、よろしく頼む」

車の中から、流れる外の風景を眺める。やがて、その風景に人ならざるものが混ざり出す。

世界が、一気に濁ってしまった気がして、要は思わず窓ガラスから目を逸らした。

八重子と白蛇から離れると、人ならざるものが見えてしまうのは変わらないが、その一方で、彼らから襲われることは全くなくなった。

（多分、白蛇が私に体を擦《こす》り付けたり、顔を舐め回したりしているからなんだろうな）

白蛇はただ無邪気に戯れているだけではなく、そうすることで要を守ろうとしてくれているのではないか、と要は考えている。

おそらくは、要に彼の持つ神気のようなものを付けているのだろう。だから悪霊たちは、要に近づくことができないのだ。

子供じみた行動が多くとも、あの白蛇からは、明確な知性や意思を感じる。

もちろん八重子のことが一番大好きのようだが、要のこともそれなりに気に入ってくれているようだ。

（どうしても、あの白蛇が八重子をどうにかするとは、考えられないんだが……）

あの白蛇は、極めて善良な存在だ。そのことを、要は確信していた。

そんな白蛇が、八重子を祟《たた》り殺すとは、どうしても思えない。

――――では『神の嫁』とは一体なんなのだろうか。

八重子との結婚後、戸籍や斎賀家の蔵を漁り色々と調べてみたものの、家系図等から何百年も前からあの家が、娘たちを必ず二十歳になる前に嫁がせていることしかわからなかった。

娘が二十歳前に嫁ぐのは、ごく普通のことだ。つまりは、なんら変哲のない家系図でしかない。

ただ、確かに本家に娘が生まれると、斎賀家は経済的に豊かになる傾向があったようだ。

だが、『オシロ様』と呼ばれる白蛇の神に関する記述は、ほとんど見つからなかった。

結局、八重子の父が見つけたという『オシロ様』に娘を捧げたくなくば、必ず数えで二十歳までに嫁に出せという書き付けのみが白蛇のことを伝えていた。

明治維新後、斎賀家が東京に移住した際に、詳しい資料は処分してしまったのかもしれない。

(八重子が純潔を失えば、白蛇は八重子から離れてしまう)

その仕組みについても、よくわからない。八重子を嫁にしたいのなら、物理的に夫を排除することも、あの白蛇には可能なのだ。出会ったその日に、要が彼の尻尾で殴られたように。

実際に白蛇はこれまで、男を妙に惹きつけやすい八重子を、そうやってずっと守ってきたという。

八重子からその話を聞いた際、要は白蛇をこれでもかとばかりに褒めた。

彼が若干嫌そうな顔をするまで、その白銀の体を撫でくりまわした。

ちなみに、かつて八重子を襲おうとして、白蛇の尾でぶん殴られた女学校の教師は、懲戒免職になった。

後腐れないだろうと没落華族令嬢である八重子に手を出そうとしたのだろうが、その見下していた八重子が侯爵夫人となったことで、戦々恐々としていたらしい。

もちろん見逃してやるつもりなどない。要が少々圧力をかけてやれば、速やかに学院長がその教師に処罰を下した。

どうやら被害者は、八重子だけではなかったらしい。その教師は妻子持ちでありながら士族や平民出身の立場の弱い女学生たちにも、次々と手を出していたようだ。

(徹底的に潰してやらねばな……)

要は冷たい目で笑う。その男を社会的に抹殺することなど、要にとっては実に容易いことだ。

そして、あんな卑劣な男から八重子を守ってくれた白蛇には、ひたすらに感謝しかない。

美しい八重子が今に至るまで誰にも奪われることなく、こうして要の手の中にあることが、奇跡だ。

朝、触れた八重子の唇を思い出す。柔らかく、温かなその内側も。

(ああ、抱いてしまいたいな……)

そうすればこの平穏が崩れてしまうと知っていて。それでもどうしても、そんな欲が湧き上がる。

だが、八重子を抱いてしまえば白蛇は消え、自分の死への秒読み《カウントダウン》が始まることになる。

(ああ、生きていたいな……)

ずっと、このまま八重子と共に生きていたい。もちろん彼女に、そんなことは言えないけれど。

知らぬ間に随分と諦め悪く、欲張りになってしまった自分に、要は失笑した。

いつ死ぬかも知れないと思っていたあの頃の気持ちを、今はもう、思い出せない。

大学に着くと、要はいつものように赤門《あかもん》をくぐり、講堂に入る。

そしてその日受けるべき講義を滞りなく受け、さて、八重子の待つ家へ帰ろうと席を立った、その時。

――要の全身を、強烈な怖気が襲った。

心臓が、ばくばくと嫌な音を立てる。久しぶりの感覚に、冷や汗が止まらない。

(なんだ、これは……?)

八重子と暮らすようになってからずっと、こんなことはなかったのに。

教室を飛び出せば、一人の男がふらふらと、廊下をこちらへ向かって歩いてくる姿が見えた。

「…………っ！」

思わず要は、こくりと音を立てて息を呑み込む。

その男は、おそらくあの夜会でしつこく要に声を掛けてきた、藤宮伯爵のドラ息子だろう。

おそらく、としか言えないのは、彼の周りを大量の亡霊の塊が纏わり付いていて、その顔がちゃんと判別できないからであり、さらにその亡霊の隙間から辛うじて見えた彼の体は枯れ木のように痩せ細り、目は洞《ほら》のように虚ろだったからだ。

そういえば最近、彼は大学に顔を見せていなかった。興味がないのでこれまで気付かなかったが。

(また、業を重ねたのか。――――愚かな)

一人や二人ではない。よほど多くの者の憎しみ、恨みを買ったのだろう。

それらが集まり、さらに様々な霊を呼び寄せ、巨大な一つの悪しき怨霊となって、彼に取り憑いている。

もしかしたら、彼が通い詰めているという遊郭の悪しきものを、一身に集めてしまったのかもしれない。

(目を合わせるな……。持っていかれるぞ……！)

要は必死に目を逸らす。人ならざるものにとって、彼らを認識できる要は救いの手に見えるらしい。

実際には要はただの霊媒体質でしかなく、彼らを救い成仏させる能力など、持ち合わせてはいない。

どこかで拾ってきたのか時折母にまとわりついている黒い靄《もや》すら、どうにもできないのだ。

それなのに要と目が合った瞬間、亡者たちは手を伸ばしてくる。――――救いを求めて。

（早くここから逃げねば……！）

だが、どうしたことか。足がまるで床に縫いつけられたように動かない。

要の焦りが募る。――一体、なぜ。

「ああ、よかった。西院君。探したんだよぉぉぉ……？」

藤宮の声が、何重にも重なって聞こえる。しゃがれた声、女の声、悲鳴のような、声。

（――ああ、そういうことか）

どうやら怨霊たちの目的は、もとより要であったようだ。いつからか、目をつけられていたのだろう。

白蛇の守護といえど、流石にこれほどの規模の怨霊を、防ぎ切ることはできなかったようだ。

藤宮の手が、要へと伸ばされる。

そしてその枯れ木のような腕からは考えられないほどの強い力で、彼の手は要の肩をギリギリと掴《つか》み上げた。

「――っ‼」

そこから数多《あまた》の怨霊が、要の中へと一気に入り込んでいく。激痛に襲われ、息が、できない。

（――八重子。……すまない）

思ったよりもずっと早く、その時が来てしまったらしい。

そして、要の意識がぷつりと途切れた。

第三章　私と僕の嫁

「八重子さんが生けるお花は勢いがあって、斬新でいいわ」

瑠璃子の品評に、八重子はがっくりと肩を落とした。

あえて前向きな言葉を選んでくれる、瑠璃子の優しさが身に沁《し》みる。物は言いようである。

先ほど女学校から帰り、本邸へ寄って瑠璃子に帰宅の挨拶をしに行ったところ、ちょうど瑠璃子が玄関に飾るための花を生けていた。

牡丹《ぼたん》が控えめに描かれた色留袖を着て、ピンと綺麗に伸ばされた背筋は、まるで年齢を感じさせない。流れるような所作で、花々が花器に生けられていく。

華道とは、生けた花のことだけを指すのではない。生ける際のその姿勢も大切なのだと、うっとりと瑠璃子を見つめながら八重子はしみじみ思う。

さらに瑠璃子の生ける花は、品があって、華があって、非の打ち所がなく美しい。

素人の八重子でも、思わず感嘆のため息を吐いてしまうほどだ。

邪魔をしてはならぬとすぐにその場を辞しようとしたのだが「八重子さんもどう？」と誘われてしまった。

姑であり、人として尊敬している瑠璃子にそう請われれば、八重子に否など言えるわけもなく。

気合を入れて、鋏《はさみ》を手に、彼女の横に正座することとなったのだ。

八重子とて、曲がりなりにも子爵家の御令嬢である。まあ、貧乏で屋敷に花を飾る余裕などなかったのだが。

そして女学校の授業にも、生け花やお茶といった科目があるため、一応の心得《こころえ》はある。もちろんそれらの八重子の成績は散々だったのだが。

もとより八重子は美的感覚にあまり優れていない上に、繊細な作業もいまいち苦手である。

それでも姑である瑠璃子に、良いところを見せたいと頑張ったのだが。

八重子の前に置かれた作品は、品もなければ華もなく、なぜか鬱蒼とした野暮ったいものだった。

「こちらはもっと短く切って、高さを変えましょう。このままだと後ろの花が見えなくなってしまうわ。それからこの花は、隣同士にはしない方がいいわね。少しお色が合わないわ」

瑠璃子がざっくりと、八重子が生けた可哀想なお花を手直ししていく。彼女の手でパチリパチリと鳴る、鋏の音すら、八重子とは全く別のものに感じる。

僅かの間に、八重子の生けた野暮ったい花が、見違えるようになった。

(これが美的感覚《センス》の差……!)

八重子は打ちひしがれた。出来の悪い嫁で辛《つら》い。

瑠璃子は八重子が知る限り、全てにおいて完璧な華族夫人だ。できないことなど何もないのではないかとさえ思う。

「でもあまり私が手を出すと、八重子さんらしさがなくなってしまうわね」

こと花に関して、そのような「らしさ」はいらない気がする。瑠璃子の手直しを受けて格段に良くはなったものの、未だ全体的な野暮ったさが抜けきれず、一から瑠璃子が手がけた花とは雲泥《うんでい》の差だ。

「さて、こんなものかしら。それじゃ、私のお花と一緒に玄関に飾りましょうね」

瑠璃子の言葉に八重子は慌てた。それはいけない。西院侯爵家の名前が泣いてしまう。

「いいえ、瑠璃子様の方だけ飾りましょう！　私の下手な作品を飾ったら、お客様が驚いてしまいます……！」

きっと西院侯爵家に何があったのか、と心配されてしまうだろう。

なんせ西院侯爵邸は、瑠璃子によって徹底的に管理された、非常に洗練された屋敷なのだ。

ちなみに元々あまりこだわりがない八重子の身の回りも、服装から家具に至るまで、全て瑠璃子によって整えられている。

手間をかけてしまい申し訳なく思いつつも、娘が欲しかったという瑠璃子がとても楽しそうにしているので、良いかなとそのままお任せしている。要もその方が親孝行だと笑って言っていた。

「この花は、私の部屋に引き取ります！」

きっと要なら、このけったいな作品を見ても「なんだこれ」とゲラゲラ笑って済ませてくれるだろう。

だが、瑠璃子がしょんぼりと寂しそうな顔をする。

「それなら私が欲しいわ。だって、せっかく八重子さんが生けてくれたお花だもの」

「も、もう少し修業を積んだら、再度挑戦させてください……！」

流石に家の顔である玄関に、八重子の花を飾るのは、非常に抵抗がある。

結局すったもんだの末、八重子の作品は瑠璃子の部屋に飾られることとなった。

洗練された瑠璃子の部屋に、もっさりとした異分子が交ざったようで落ち着かないのだが、瑠璃子は八重子の不恰好な作品を眺めては、にこにこと笑って嬉しそうだ。

まるで幼い子供の拙《つたな》い作品を見ている親のような視線に、八重子も思わず笑ってしまう。

「瑠璃子様は、お優しいですね。……嫁いで、こんなに大切にしていただけるとは思いませんでした」

目上の家に嫁ぎ、姑からいびられる話はよく聞くが、姑からこんなにも大切にしてもらっている嫁は、八重子の他にはいないのではないかとすら思える。

「うふふ。ずっと娘が欲しかったから。もし要さんがお嫁さんを貰ったら、思い切り可愛がって、思い切り大切にしようと、そう、決めていたのよ」

八重子には、確かに瑠璃子から実の娘のように可愛がってもらっている自覚がある。

「ありがとうございます。瑠璃子様。また今度お時間のある時に、お花を教えていただけると嬉しいです」

「ええ、もちろんよ！　また一緒にお花を生けましょうね。でも本当に八重子さんのお花、素敵だと思うわ。お部屋が明るくなるもの」

それは節操なく色々な色の花を剣山《けんざん》にぶっ刺したからである。全く統一性がなく、明るいというよりは、落ち着かないといった雰囲気だ。

だが瑠璃子はきっと、本当にそう思っているのだろう。親の欲目というやつだ。

「ちゃんと、次回は瑠璃子様の期待に添えるように頑張ります」

八重子はむんっと気合を入れる。千里《せんり》の道も一歩からだ。できるだけ西院家に相応しい嫁になりたい。

だって八重子はもう、要のことも、瑠璃子のことも大好きになってしまったのだ。

「あらいやだわ。今だって十分自慢のお嫁さんよ」

瑠璃子はコロコロと鈴の音のような声で笑った。本当に優しい姑である。

それから瑠璃子は、ふと表情を無くし、思い詰めたような、硬く小さな声で八重子に聞いた。

「八重子さんは、要さんからうちのことをどれくらい聞いたのかしら？」

「……ええと。多分、ほとんどのことはお伺いしていると思います」

それはきっと、西院家に生まれる男子の、体質の話だろう。すると瑠璃子は僅かに目を見開き、「そう」と脱力したように呟いた。

「それを聞いても、八重子さんは要さんと結婚してくれたのね」

西院家の当主は代々短命だ。よってそれほど遠くない未来に、瑠璃子と同じように八重子も取り残され、未亡人となるであろうことに、心を痛めているらしい。

果たしてそれは何某《なにがし》かの呪いなのか、それともただの遺伝なのか。八重子にはわからない。

だが、出会った時には今にも死にそうな病弱そのものの見た目をしていた要が、神の憑いている八重子と暮らし始めたことで、目の下の隈が取れ、体重も増え、今では普通の人と変わらず元気に生き生きとしている。

だから八重子には、要の命が短いという事実に、いまいち実感が湧かないのだが。

「……あなたがご実家への経済的援助を求めて、結婚相手を探していたことを知っているわ」

「………………」

思わず八重子はバツが悪そうに、瑠璃子から目を逸らした。

金目当てであること。――それは調べればすぐにわかる、やましい真実だ。

この結婚で斎賀家は、西院家から多額の資金援助を受けている。そのことを、瑠璃子はちゃんと把握しているのだろう。

「別にいいのよ。そもそも華族の結婚なんて、得てしてそんなものだから」

恋も愛も関係ない。いかにして家に富をもたらすか、そればかりを考えて華族は婚姻を結ぶ。

「それに、お金が目的なら我が家がどんな家であっても、文句はないだろうと思ったのよ」

確かにただの金目当てであれば、夫が死んで未亡人となることを、むしろ喜ぶことだろう。

「実際にあなたが来てくれてから、要さんは随分と明るくなったわ。そして、元気になったわ。……それに比べれば、我が家の金庫が多少軽くなったからといって、なんだというの」

今日も瑠璃子は潔い。――ただひたすらに、彼女は祈っていたのだ。息子の幸せを。

だからここにいてくれる限り、八重子がどんなわがままを言ったとしても、それら全てを叶えてやるつもりだったのだと。そう、瑠璃子は笑って言った。

「なのに、困ってしまったわ。……だって、あなた。本当に良い子なんだもの」

だがいつまで経っても、八重子が要に何かをせびる様子はない。ただ毎日要を笑わせ、元気づけるだけだ。

さらにはこうして瑠璃子の手慰みにも嬉々として付き合ってくれ、純粋な目で尊敬してくれる。

「……ごめんなさいね。八重子さん」

瑠璃子は息子のために、八重子の時間を、人生を、消費させてしまっているとでも思っているのだろう。

俯いたその顔は、罪悪感に満ちている。八重子は困ってしまった。

確かにこの結婚は契約であり、そもそも恋愛感情があったわけではない。

「……瑠璃子様は、ご自身を不幸せだと思っていらっしゃるのですか？　……後悔、していらっしゃるのですか？」

八重子の言葉に、瑠璃子ははっと顔を上げ、それから幼い子供のように、はっきりと首を横に振った。

「────いいえ。確かにあの人と一緒にいられた時間は短かったわ。でも、後悔はしていないの」

共に暮らし始めて、八重子は瑠璃子の言葉の節々に、亡き夫への想いを感じていた。

瑠璃子は今でも、要の父を深く愛しているのだ。

社交の場に華々しく存在していても、瑠璃子が男性と浮名を流すことは、全くなかった。

夫を亡くした未亡人の爛れた噂話《ただ》など、他にいくらでも聞くというのに。

「あの人もね、要と同じように、西院家なんて断絶してしまえば良いと、そう言っていたわ」

「………………」

実際西院家は、いつ断絶してもおかしくはなかった。当主の命は短く、残せる子供も少ない。

「でも私がわがままを言って、お側に置いてもらったのよ」

優しい人だった。瑠璃子をいつもお姫様のように扱ってくれた。

瑠璃子が大切だからといって、なかなか瑠璃子の想いを受け入れてくれなかったけれど。

瑠璃子は懐かしそうに、愛おしそうに思い出を数え目を細める。

「――どうしても、あの人以外には、考えられなかった」

そして、瑠璃子は反対する家族、要の父自身を全て押し切り、西院家に嫁いだ。

「要を望み、産んだのだって私のわがままなのに、あの人はちゃんと喜んでくれた。……きっと、自分が死んだ後に私が寂しくないように」

後悔なんてするわけがないのよ、と。そう笑う瑠璃子に、八重子は思わず涙をこぼした。

「だから要にも、恋をしてほしかった。誰かと手を取り合う幸せを、味わってほしかったの。……あの子は私によく似ているから」

それは祈りのような言葉だった。人生はきっと、長ければ良いというものではない。

――与えられた時間を、どのように使うのか。

(瑠璃子様は要様に先立たれることも、ちゃんと覚悟しておられるのだわ)

だから母として、息子の残りの人生が少しでも良いものになるよう、願っているのだ。

そういえば、要が八重子に一目惚れしたから結婚したいと言い出した時、瑠璃子は本当に嬉しそうだった。

残念ながら要が一目惚れしたのは八重子の背後にいる白蛇であり、八重子自身ではない。

要と八重子の関係は、瑠璃子が望んでいるものではなく、単なる利害の一致による契約結婚だ。

だが八重子が側にいることで、要は穏やかな時間を過ごすことができる。

「確かに要様の側にいられる時間は、短いのかもしれません。だったら限りあるその時間を最大限、幸せにしてさしあげたいんです。だって私は要様のことも、瑠璃子様のことも、大好きなんですもの」

八重子の率直な言葉に、瑠璃子は驚いたように目を見開き、それから照れたように頬を赤らめた。

「そう、素直に好意を伝えられると、少し恥ずかしいわね」

「す、すみません。つい口からぽろりと」

八重子も思わず赤面する。あまりにも慎みがなかったかもしれない。斎賀家には使用人がいないため、言葉は自分自身の口で伝えなければならない。

そのため斎賀家の面々は言葉を惜しまない、素直な気質だった。

「うふふ。でもとても嬉しいものね。ありがとう八重子さん」

そう言って笑う瑠璃子が非常に可愛い。

「あなたがこの家に来てくれて、本当に良かった。要も女性を見る目だけはしっかりあったのね」

「お義父様は要様に面差しが良く似ておられたとお伺いしました。瑠璃子様がそんなにも恋い焦がれるのですもの。さぞ素敵な方だったのでしょうね」

「そうよ。あの人は要よりも、ずうっと素敵な人だったわよ」

そして、仲の良い嫁姑は、声を上げて笑い合った。

その後、友人と明治座《めいじざ》に観劇に行くと言って、瑠璃子は屋敷を出て行った。

瑠璃子は、毎日のように精力的に活動している。夫を失った後も、ちゃんと人生を楽しんでいるのだ。

『どうか、幸せに。しっかりと人生を満喫してからこっちに来るんだよ』

要の父は瑠璃子にそう言って、息を引き取ったのだという。だからいつか自分が彼の元に行った時に、彼が納得するだけのたくさんの話題を準備しなければならないのだと、恋をする少女の目で瑠璃子は言っていた。

八重子はそんな瑠璃子を玄関まで見送って、それから一生かけても読み切れないのではないかと思うほどの蔵書数を誇る西院家の書庫にこもり、読書をしながら要の帰りを待つことにした。

要の私物の本を収めた棚から、小説を一冊選んで取り出す。その本は英文で書かれていた。

おそらく、要が英国から輸入したものなのだろう。八重子はその本を、文章を指で辿りながら、少しずつ読んでいく。

女学校では英語は必修科目だ。華族夫人となれば、西洋人との社交も発生するためである。

友人たちは軒並み苦手だったようだが、八重子は英語の成績が抜群に良かった。

よってゆっくりではあるものの、こうして原文で、本を読むこともできる。

それは、一つの体に二つの人格を持つ奇妙な男の話だった。所謂怪奇小説のようだ。

夢中になって読んでいると、突然女中たちの悲鳴のような声が聞こえた。

驚いた八重子は、思わずビクッと体を震わせてしまう。非常に心臓に悪い。一体何事かと耳をすまし、女中たちの声を聞く。

「若奥様！　どちらにおられますか⁉　大変です！　要様が――――！」

聞き取ったその内容に慌てて立ち上がり、書庫を出て、走って玄関へと向かう。

するとそこには、意識を失い、ぐったりとした要がいた。

ここまで彼を運んできてくれたのだろう、車の運転士が必死にその体を支えている。

そんな要の姿を見た瞬間、八重子の全身が粟立《あわだ》った。

霊的なものを一切感じないはずの八重子であっても恐怖を覚える何かが、要に取り憑き、彼を酷く苛《さいな》んでいるとわかる。

ここには、神様がいるはずなのに。一体なぜ。

「要様を、寝室に……！」

使用人たちに手伝ってもらい、要を彼の部屋の寝台へ運ばせ、横たわらせる。

「う……ああ、あ……」

すると要が低い声で苦しげに呻き、体を丸めてガタガタと震えだした。歯の根が合っていない。

――――彼は、戦っているのだ。おそらくは体に入りこんでしまった、悪しきものと。

その顔には血の気がなく、体は異常なほど、冷たい。

慌ててお抱えの医師を呼び、要を診《み》てもらったが、彼は悔しげな顔をして首を横に振った。

「こうなると鎮静剤をお出しすることしかできません。……先代がお亡くなりになった時と、全く同じ症状かと」

八重子の全身から血の気が引いた。いよいよ現実味を持って要の死を意識する。

「すぐに瑠璃子様にお戻りになられるよう、伝えてちょうだい……！」

瑠璃子が観劇をしているであろう明治座に使いを出し、それから八重子は要と二人きりにしてほしいと、使用人たちと医師に頼んだ。

彼らももう要は助からないと考えたのだろう。皆八重子の意を汲《く》んで、席を外してくれた。

「要様……、要様……」

二人きりになった部屋の中で、八重子は要に縋り付いて彼の名を呼ぶ。八重子に憑いた神ですらどうにもできない何かがいるなど、聞いていない。

西院家の当主は皆短命で、三十歳まで生きることはできない。やがては悪しきものに取り憑かれて死んでしまう。

彼の言ったその言葉を、やはり八重子は本当の意味では、理解していなかったのだ。

実際にこんな状況になって、どうしようもなく動揺している。

今すぐにでも死んでしまいそうな要に、八重子は心臓が冷えるような感覚に襲われる。

「……しっかりしてください。要様……！　だって、まだ結婚してから半年しか経っていません。約束は、二年間のはずでしょう……!?」

契約結婚は、八重子が二十歳になる新年までの、二年間のはずだ。だからそれまでは、大丈夫だったはずだ。

朝起こす時のように、八重子は彼の体を小さく揺さぶる。

なるほど、これはあまりにも理不尽だ。彼が、代々の西院家の男たちが、一体何をしたというのか。

「おねがい、神様……。オシロ様……！　要様を、助けて……！」

要の手を握りしめ、八重子は自分に取り憑いているという神に初めて願った。

もう神の嫁にでもなんでもなるから、どうか要を助けてくれ、と。

対価さえ差し出せば願いを叶えてくれるのではないかと、安易に考えた八重子がそう口にしようとした瞬間。

要の手が伸び、そっと手のひらで八重子の口を塞いだ。

「……それ以上は、だめだ。八重子。君を犠牲にしてまで、私は生き延びたくはない」

汗に塗れた真っ青な顔で、要は目を開けてうっすらと笑った。

「要様……！　大丈夫ですか……？」

八重子は要の頬をそっと撫でる。その肌はまだ冷たいままだ。

「白蛇がそばにいるからかな。奴らの力が少し弱まっている」

だからこそ、一時的に要の意識が戻ったのだろう。

「でも、追い出すことまでは、やっぱりできないみたいだ。これまで見たことがないほどの、強大な怨霊だったからな……」

白蛇の存在があっても、要から怨霊を引き剥がすことはできないらしい。八重子は愕然とする。

「……すまない。思ったよりも、早くその時がきてしまった」

要は真っ直ぐに八重子を見つめていた。まるで最期の瞬間まで、その目に焼き付けようとするように。

「い、いやです。要様。あまりにも早すぎます」

首を横に振る八重子の目にみるみるうちに涙が盛り上がる。そして、泣きながら彼に縋った。

まだ、時間はあると思っていたのだ。こんなにも早いだなんて、聞いていない。

「一緒に、動物園に、行くんでしょう？　私を、抱いてくださるんでしょう？　約束したではないですか……！」

「…………すまない」

要の目が悲しみに歪む。違う、彼を責めたいのではなかった。八重子はまた必死に首を振る。

「死んでは、だめです。絶対に、だめです」

瑠璃子はまだ戻ってきていない。今急いで使用人に迎えに行かせているが。

──ああ、せめて、彼女が戻ってくるまでは──。

八重子が要を逝かせまいと、その震える体を抱きしめた、その時。

「……おい。お前、なにを、する気だ……？　──っ!!!」

要が訝しげな声を上げ、それからその全身をガクガクと大きく痙攣《けいれん》させた。

寝台の上を小さく飛び跳ねるその体を、八重子は宥めるように必死に押さえつける。

彼の体の中で、怨霊が暴れているのだろうか。

（――やめて！　お願い！　要様を、返して……！）

しばらくして、要の痙攣が止まる。八重子は慌てて彼の顔を覗き込み、呼吸をしていることを確認する。

ほっとしたのも束《つか》の間、彼の手が八重子の顔へと伸ばされる。

そしてその頬に流れる涙を指先で拭い、そっと唇をなぞられる。その動作は、驚くほど静かだ。

「……かなめ、さま……？」

「…………」

訝しげに要の名を呼ぶが、彼は何も答えてはくれない。

やがてしっかりと閉じられた瞼が、そっと上げられる。

「――っ！」

その瞳は、金色に輝いていた。――人では、ありえない、色。

持っていかれてしまったのか、と、絶望で八重子の全身から血の気が引き、床にへたりこむ。

すると要の顔が、唐突に微笑みの形を作った。

「――――やあ、八重子。僕のお嫁さん」

その唇から溢れたのは、淡々とした、けれども優しい声だった。到底怨霊とは思えないような、落ち着いた声。

「要なら今は眠っているよ。少し、魂が傷ついてしまったみたいだ」

要の姿をした何かは、そう言って心臓の位置を手で叩いた。

「……あ、あなたは……、誰？」

気が付けば、それまで八重子の全身を襲っていた悪寒が消えている。――――これは、つまり。

「……神様……、なの？」

要曰く、八重子に取り憑いているという、白蛇の神様。

すると彼は、要は絶対にしないであろう、子供のような無邪気な微笑みを浮かべて頷いた。

「うん。そうだよ。……えへへ。ずっとこうして君と話してみたかったんだ」

なにやら違和感が酷い。通常の要との乖離《かいり》に、八重子が呆然とする。

「ねえ、君に触れてみてもいいかい？」

また彼の手が伸ばされ、その指先でぺたぺたと楽しそうに八重子の頬に触れる。

その指先は、確かに知ったものなのに、その触れ方がまるで違う。――――やはり、別人なのだ。

「か、要様は……⁉」

我に返った八重子が、要の姿をした白蛇に恐る恐る聞いてみれば、彼はまたにっこりと嫌味なく笑った。

「心配しなくても大丈夫。さっきも言ったけど、要はただ眠っているだけだよ。僕はちょっと彼の中に入って、そこに巣食っていた悪い子たちを外に押し出しただけだからね。彼が目を覚ましたら、ちゃんと体は返すから」

ちなみに白蛇に要の体から押し出された怨霊たちは、慌てて元いた場所へと戻っていったらしい。

「それにしても凄いねえ、要は。僕のこともこんなにあっさりと受け入れられちゃうなんて。……そりゃ、子供の頃から苦労しただろうねえ……」

受肉したいと願う人ならざるものたちに、要はずっとつけ狙われていたらしい。白蛇は憐れむように、目を伏せた。

自分の意思とは関係なく、自分以外の魂も受け入れてしまうという、器。

――そして彼は、とうとうその身に神をも受け入れてしまったらしい。

「神の類を人間の体に降ろすのは、本来とってても難しいことなんだ。正直、成功するかは五分五分だったんだけど。助けられて良かった」

要の顔で、にこにこと屈託なく笑う白蛇に、八重子の全身から力が抜ける。

そのままその場に頽《くずお》れると、床に額を擦り付けて、泣きながら礼を言う。

「ありがとうございます……ありがとうございます……！」

安堵からか、次から次へと涙が溢れて止まらない。

知らぬ間にこんなにも、要の存在が八重子の中で大きくなっていたのだ。

今ですら、こんなにも苦しいのに。そう遠くない未来に迎えるであろう彼の最期の日に、耐えられる自信が全くなくなってしまった。

要の体で白蛇は床に這いつくばる八重子を抱き上げると、その膝の上に乗せた。

――――いつも、要が八重子にしているように。

おそらく、二人の行動をいつもそのそばで観察しているからなのだろう。実に自然な仕草だった。

そして泣きじゃくる八重子の背中を宥めるように、優しく叩く。

「大丈夫、要ならすぐに目を覚ますよ。だからそんなに泣かないで」

要の声で、そんな風に幼い口調で慰められて、八重子は思わず小さく笑ってしまった。

すると、嬉しそうに彼も笑い、戯《たわむ》れるように八重子の頬に頬擦りをした。

（ああ、本当に、今ここにいるのは要様ではないんだわ）

たとえ要の姿をしていても、あまりにも作る表情や雰囲気が違うため、八重子はちゃんと別の存在として彼を認識することができた。

「ねえ、八重子。お礼はいらないからさ、要が目を覚ますまで、僕とお話をしようよ」

そして白蛇の提案に、八重子は頷く。それくらいお安い御用だ。

「良かった！　僕ね、ずっと君と色々話したかったんだ」

蛇の体だと声帯がないからね？　などと戯ける彼は、やはり随分と幼く感じる。

まるで実家にいる、歳の離れた小さな弟と話している時のような気分だ。

そういえば要もこの神様のことを、まるで弟のように扱っていた気がする。

何もない空間を、よく優しく撫でていた、彼の手を思い出す。

（まだ、子供の神様なのかしら）

彼は気が遠くなるほどの昔から、斎賀家に取り憑いてきたはずだが、神の年齢の概念は人間のそれとは全く違うのかもしれない。

それにしても良い機会だ。八重子にも彼に聞いてみたいことが、山のようにあった。

――――そう、『神の嫁』について、とか。

「神様は……」

「……なんか、その呼び方は嫌だなあ。もっと違う呼び方がいいなぁ」

白蛇が、唇を尖らせ、拗ねたように言った。

やはり要では絶対しないであろうそんな仕草が、非常に可愛らしい。

まあ、よく考えれば確かに種族の名称で呼ばれるのは嫌かもしれない。八重子が「人間」と呼ばれるようなものだろう。

「では、オシロ様……？」

たしか父が神の名をそう呼んでいた。だが、それでも白蛇の唇は尖ったままだ。

「それもなんだか嫌だなあ。もっと他にないかい？」

斎賀家では彼のことを代々そう呼んできたはずなのだが。これもまた嫌らしい。

「では、他に何か私がお呼びできるお名前をお持ちですか？」

「んー？　なんとかのみこと、とか言われていた気がするけど、昔過ぎて思い出せないや」

あはは、と白蛇は呑気に笑う。やはりかつては神らしく、大仰で霊験《れいげん》あらたかそうなお名前を持っていたようだ。

残念ながら、そのありがたい名前を当の本人が忘れてしまっているが。

「では、なんとお呼びすれば良いでしょう」

八重子は困ってしまって眉を情けなく下げる。するとその眉を指先でぐりぐり押しながら白蛇は笑う。

「八重子が好きにつけてよ。八重子がつけてくれた名前なら、なんでもいいよ！」

さてはて、どんな名前をつければいいのだろうか。八重子が彼について知っていることなど、そう多くないというのに。


「――――じゃあ、『シロちゃん』……とか？」

悩んだ末に八重子の口からこぼれたのは、そんな、どこにでもありそうな呼び名だった。

子供のような雰囲気の、白蛇の神様だから『シロちゃん』。――安直にも程がある。

だが弟の正太郎をやはりそのまま『正ちゃん』と呼んでいる八重子の、名付け能力はその程度であった。

そしてそもそも斎賀家の先祖も、白蛇の神様だからと、彼のことを『オシロ様』と呼んでいた疑惑が浮上する。先祖代々名付け能力がない説が濃厚となってきた。

白蛇は目を見開き、キョトンとする。その顔に八重子は慌てて言い募る。

「申し訳ございません！　もう少し真面目に考えますね……！」

曲がりなりにも神である。いくらなんでも『ちゃん』付けで呼んでよい相手ではない。八重子は必死に頭を巡らせる。

名付け能力は残念なことに死んでいるが、なんとかこの神が気に入る名前を付けなければ。――だが。

「シロちゃん！　うん、可愛い！　僕、『シロちゃん』がいいな！」

怒られるかと思いきや、白蛇は満面の笑みで頷く。どうやらその呼び名を気に入ってくれたらしい。

くねくねと体を揺らしながら、嬉しそうにしている。

もちろんくねらせているそれは、普段どちらかというと無愛想な要の体なので、やはり違和感が半端ではない。

「お、オシロ様は……」

「――『シロちゃん』、だよ。八重子」

再度本人から、メッとばかりに人差し指で唇を押さえられ、耳元で訂正されてしまった。

優しく窘《たしな》めるような要の声に、思わず八重子はぞくぞくと背筋を震えさせてしまう。

神に対し、こんなに気安い口調で良いのだろうかと思いつつ、八重子は気合を入れて自分がつけた彼の名前を唇に乗せる。

「じゃあ、『シロちゃん』。あなたのことについて、聞いても良い？」

八重子は開き直って、この白蛇の神とは、弟に対するように接することにした。

「うん、いいよ。僕にわかることなら」

すると白蛇は嬉しそうにえへへ、と笑うので、どうやらそれで問題ないらしい。

「――――シロちゃんは、私のことを『僕のお嫁さん』って言ったでしょう？　それってどういうことなの？」

もしも、死なずに済むのなら。この白蛇の嫁になっても良いと、八重子は考えていた。

白蛇と共に要のそばにいられるのならば、彼をこのまま人ならざるものから、守ることができるだろう。

「ええと、もし八重子が二十歳になるまでに誰のものにもならなかったら、君は僕のものになる。そういう約束になっているんだ」

それは父から聞いた通りの内容だ。やはりその認識については、間違いがないのだろう。

「もし私が二十歳になってシロちゃんのお嫁さんになったら、具体的にどうなるのかしら？」

「んー。多分、八重子に人間の体を捨ててもらうことになるんじゃないかな。要みたいに特殊な人間ならともかく、人間のままじゃ僕の姿も見えないし、触ることもできないしね」

精神体である白蛇に合わせ、花嫁である八重子も、肉体を捨てて精神のみの存在となる。

人間の体を捨てるということは、やはりそれは『人間』としての死を意味するのだろう。

そして魂だけの、神に近しい存在にされてしまうらしい。

「それじゃ、もし私が二十歳よりも前に、シロちゃん以外の誰かのものになったら？」

「斎賀の血を継ぐ、次に生まれた女の子に、その約束が引き継がれるよ。そんな風にして僕はずっと、君の家、斎賀家の人間たちと共に過ごしてきたんだ」

なるほど、と八重子は思う。つまりは娘を早く結婚させ神との約束を先送りにすることで、斎賀家は代々この白蛇から娘を守ってきたのだ。

約束を反故《ほご》にされ続け、普通なら怒りそうなものだが、不思議と白蛇はそのことをそれほど気にしていないようだ。

やはり人間と神の感覚は、随分と違うらしい。

「……それでいいの？」

「うん。まあ、それはそれでいいかなって。僕の花嫁たちは、みんな良い子だったし。幸せになってくれれば僕も嬉しいからね」

自分の花嫁になるはずだった娘たちが、それぞれに自分以外の男に嫁ぎ、それぞれに幸せになったことを、まるで喜んでいるような有り様だ。八重子はさらに混乱する。

「ねえシロちゃん。いっそのこと、その約束自体を破棄できないの？」

「それはできないよ。人と神との約定ってやつは結構面倒で、そして根深いものなんだ。一度でも人間が願い、それを神が受け入れた。そうなると僕自身でも、もうどうすることもできない。斎賀家の娘が、いつか本当に僕の花嫁になるまで、この約束は延々と続くことになるよ」

八重子がこのまま白蛇の嫁になるか。それとも斎賀家の子孫にその約束を先送りするか。

結局残された道は、どちらか一つだ。他にはない。――――そして、二つとも選び難《がた》い。

「それにしても、さっきは要が止めてくれたけど、もし八重子が本当に『僕の花嫁になる』って口に出して、僕がそれを受け入れてしまったら、君の魂はすぐにその体を離れていたよ。そんな風に簡単に、自分の持つものを差し出すような真似をしてはだめだ」

白蛇は、八重子を諭した。それを聞いた八重子は、ぶるりと体を震わせる。どうやら自分は、相当危険なことをしようとしていたらしい。

要があの時必死に止めてくれなければ、もしかしたら自分はすでにこの体を失っていたかもしれないのだ。

だが、なぜ白蛇は、そんな風に自分の手の内を明かすような真似をするのだろう。

黙っていれば、八重子を容易く自分のものにできるだろうに。

「それじゃ、シロちゃんはどうして要様を助けてくれたの？」

つまりは今回、白蛇は、なんの見返りもなく要を助けてくれたということだ。その理由もわからない。

すると彼は反対に、不思議そうに首を傾げた。

「だって八重子はさっき、要を助けてって僕に願っただろう？　ならば僕は、もちろんその願いを叶えるよ。だって君は、僕の大切な花嫁だからね」

さも当然のことのように言われた言葉に、八重子は愕然とする。そして、小さく唇を噛んだ。

（――ああ。そういうことか）

八重子は、そのどうしようもない仕組みに、気付いてしまった。

白蛇は斎賀家に娘が生まれるまで眠りにつき、娘が生まれたら未来の花嫁としてその身に取り憑いて、あらゆるものから守護をし、あらゆる願いを叶える。

そしてその娘が他の男のものになれば、また次の花嫁を待って眠りにつく。

おそらくは遠い昔、白蛇が花嫁の願いならばなんでも聞くという事実に気付いた斎賀家の者が、彼を利用することを思いついたのだ。

――我が家に富を、そして地位を。

神の花嫁となる予定の娘に、斎賀家のためと言い包《くる》めて、それらを白蛇に願わせたのだろう。

それを聞いたこの善良な白蛇は、花嫁のために良かれと思い、娘たちの、斎賀家の願いを一つ一つ愚直に叶えていったのだ。

だが結局神と斎賀家との約束は守られることなく。娘たちはみな時限前に適当な相手へと嫁がせ、白蛇の加護を、さらに後世へと引き継がせ続けたのだろう。

（……なんてことを）

斎賀家は、神に取り憑かれた哀れな家などではない。

むしろ目の前に娘を、花嫁をちらつかせ、積極的に神の加護を搾取してきた家なのだ。

こんなにも優しく善良な神を、斎賀家はずっと騙し、裏切り、利用してきたのだ。

そして元々公家の末端でしかなかった斎賀家は、白蛇の神の力を使って成り上がり、華族の一員となるまでになった。

三代に亘り女児が生まれなかったことで急激に没落はしたものの、それが白蛇の力を借りない斎賀家の本来の姿なのだろう。

「八重子はさ、これまでの子とは違って僕に何も願ってくれないから、寂しかったんだよ。だから要を助けて、って頼られた時、ちょっと嬉しかった」

言われてみれば、確かに八重子は小さな頃からあまり神に何かを願う、ということをしなかった。

身の危険を感じれば無意識に助けは求めるが、もし己に何かが足りないのなら、神に願う前にまずは自分でできるだけの行動、努力をしようと考える性質だったのだ。

「――そんな、何も願わない君の珍しい願いだ。だから絶対に要を助けてやろうって。そう思ったんだよ」

しかもこの神様ときたら、利用され搾取されることが当たり前になってしまって、八重子が神に願わないことに、彼女の願いを叶えられないことに、不安さえ覚えている有り様だ。

それは噂に良く聞く、芸妓に入れ込み、報われないのにおねだりされるまま一方的に貢ぎ続ける、哀れな男のようで。

「シロちゃんは、馬鹿だわ……」

思わず八重子の口から、彼を貶《けな》す言葉が漏れてしまった。

「ええ？　僕、馬鹿なの⁉」

いきなり大好きな八重子に貶《おとし》められ、白蛇は僅かに涙目になる。

だが八重子は何も言わず、思わず器になった要ごと、彼を強く抱きしめた。

――――報われない献身は、ただ、哀れだ。斎賀家など、祟ってしまえば良かったものを。

だがきっとこの善良な白蛇は、そんなことを思い付きもしないのだろう。

白蛇本人は、ちっとも自身を哀れには思っていないようだが、八重子はこの神の献身に報えないことに、酷い罪悪感を覚えていた。

いっそ、このまま彼の花嫁になるべきなのではないか、と思ってしまうほどに。

花嫁自らに触れられることなど、これまでなかったのだろう。

彼は一瞬体を硬直させ、それから恐る恐る八重子の背中に手を回した。

おっかなびっくりなその手つきが、やはり要とは全然違う。要の手は、もっとずっと図々《ずうずう》しい。

「ふふ……。八重子は温かいね」

小さく笑って、彼はまたすりっと頬擦りをしてきた。八重子はそれをただ受け入れる。

手が伸ばされ、両頬を彼の両手で包まれる。そして、じっと白蛇は八重子を見つめた。

この世のものとは思えぬ美しい金色の瞳を見ていると、なぜか体から力が抜けて惚《ほう》けてしまう。

――おそらくこれは、畏怖《いふ》と呼ばれるもので。

間違いなく彼は、自分よりも高位の存在なのだと、八重子は唐突に理解する。

やがて彼の顔が近づいて、唇が触れ合う。柔らかな、労《いたわ》りだけを感じる口付けだ。

そのまま何度も何度も、触れては離れてを繰り返す。優しい、戯れのような口付け。

要だったらとっくに舌を捻《ね》じ込んできている頃合いである。やはり彼らは別人格なのだなと、八重子の頭は完全に現実逃避をしていた。

やがて唇が離れると、白蛇は幸せそうに、蕩けるような笑みを浮かべていた。

「えへへ。僕も要みたいに、八重子に触れてみたかったんだ」

そして体勢を入れ替えられ、八重子は寝台にその体を沈められる。

そこには要のような強引さはないのに、不思議と逆らうことができない。

顔中に口付けを落とされ、首筋を舌が這う。温かい濡れた感触に、八重子はぞくぞくと体を震わせた。

だが残念ながら、着物の脱がせ方がわからないのかそれ以上は先に進めず、諦めた彼は今度は八重子の足元へと体を移動させ袴の裾を捲り上げると、ふくらはぎに舌を這わせた。

「ひゃっ、あっ……！」

そのくすぐったさに、思わず八重子は小さく声を上げる。すると彼はまた楽しそうに笑い、さらに舌を奥へと進めていく。

ふくらはぎから膝裏、そして太ももへ。ぬるぬると、温かな舌が這い上がっていく。

まるで蛇のような舌使いだ。くすぐったさではない何かが、じわりじわりと八重子を苛み始める。

膝を彼の肩の上に持ち上げられ、彼はさらにその大きく広げられた脚の中心へと、情け容赦なく近づいていく。

「や、だめ……！　それ以上は……！」

とうとうその舌が脚の付け根に到達しそうになって、八重子は思わず制止の声を上げた。

流石にそれ以上は無理だ。そんなところを舐められたら、恥ずかしくて死んでしまう。

悲痛な声が届いたのか、白蛇が動きを止めて、顔を上げる。

その顔は少々不満げだ。駄々をこねる子供のように、小さく唇を尖らせている。

「……ちぇ。要が起きちゃった。体を返せって怒っているから、今回はここまでかな。もうちょっと寝ていてくれても良かったのになあ」

彼は諦めたように笑って、そっと目を瞑る。

――そして、次に開いた時。その目は漆黒に戻っていた。

「……要……様？」

恐る恐る聞いてみれば、彼の眉間にくっきりと深い皺が寄った。どうやら相当に不機嫌なようである。

「白《シロ》の野郎……。私だってそんなところ舐めたことがないのに、調子に乗りやがって……」

「…………」

人を散々心配させておいて言うことが、まずそれか。

どうやら要は白蛇が八重子の太ももを舐め回している際に、目を覚ましたらしい。

八重子の背後を睨みつけているあたり、白蛇は彼の体を抜け出していつものように鎮座しているようだ。

八重子は手を伸ばし、要の頬を抓《つね》った。すると彼はバツが悪そうに、目を逸らす。

――――ああ、間違いなく『要』だ。『シロちゃん』ではなく。

「心配、したんですよ？」

「ああ……すまなかった」

肩を落とし素直に謝ると、要は腕を伸ばして強く八重子を抱きしめた。八重子の目から安堵の涙が次々にこぼれ落ちた。

「どうしよう。やっぱり私、要様に死んでほしくありません……！」

生きてほしい。このまま共に、ここで老いていきたい。そんな普通なら当たり前の、ささやかな願い。

「ああ……私も、八重子と共に生きていたい。もっと」

要の指先が、八重子の顎を伝い、その顔をそっと上げさせる。

そして、唇を触れ合わせようとした、その瞬間。

「要さん！　大丈夫なの⁉」

悲痛な表情の瑠璃子が、突然要の寝室の扉をノックもせずにばあんっと勢いよく開けた。久しぶりに倒れ意識不明だという息子が、心配だったのだろう。彼女には珍しい不躾《ぶしつけ》な行為だったが――。

「「…………あ」」

「…………あら。まあ」

瑠璃子の目に映るのは、寝台の上で何やら絡み合い、今にも口付けを交わそうとしている息子夫婦で。

「……なによ。随分とお元気そうじゃないの。仲が良さそうで何よりだわぁ」

とんでもないものを目撃してしまった瑠璃子は、おほほほほ、とわざとらしく笑う。多分、それは彼女なりの優しさなのだろう。

そしてにやけた顔のまま「お邪魔しました」と一言だけ言って、嬉しそうに小さく飛び上がりながら、軽やかに速やかに部屋を出て行った。

「あー、その。母が、すまない……」

「…………」

瑠璃子は全く悪くない。悪いのは他人が入ってくる可能性を考慮しなかった、脳内がお花畑な八重子自身である。

人生には、一度や二度くらい、羞恥で死にたくなる瞬間があるものだ。

八重子にとって、間違いなく今がその瞬間であった。

少なくとも白蛇に体を舐め回されている時でなくて良かったと思おう。

遠い目をしつつそんな風に自分を慰めながら、さて、明日からどんな顔をして瑠璃子の前に顔を出せば良いのかと、八重子は頭を抱えてしまった。

第四章　二人と一柱の幸せな日々のこと

――それは、いつくらいのことだったか。

千年以上前な気もするし、五百年くらい前のような気もする。

気が遠くなるくらいに長い間存在していたため、実のところ、もうよく覚えていない。

そう言ったら、『五百年が若干の誤差扱いか』などと要には呆れられてしまったが。まあ、人間と神の感覚の違いだということで許してほしい。

とにかくその頃、京《きょう》の都《みやこ》で大きな地震が起きた。建物は倒壊し、火災が起きた。

老若男女、貧富、身分に関係なく、多くの人間が死んだ。

都中に死の臭いが蔓延しているような、そんな有様だった。

当時白蛇が暮らしていた小さな社《やしろ》は、彼の守護により倒壊することなく、また都の中心からは離れた場所にあったため、火に焼かれることもなかった。だが、家を焼け出された人々が逃れてきて、その社の軒下で身を休ませていた。

その中で、一人の少女が生死の境目を彷徨《さまよ》っていた。

火から逃げ遅れたらしく、身体中の至る所に火傷《やけど》があった。

身につけているものは美しい絹であったから、元々はそれなりの身分だったのだろう。

死にたくないと小さな声ですすり泣くその娘を憐れみ、白蛇は常に彼女の側にいて、彼女の火傷をそっと舐めてやった。

その甲斐もあってか、彼女は持ち直し、なんとかその一命を取り留めた。

そしてはっきりと意識を取り戻した少女の顔を、喜んだ白蛇が覗き込んでみれば、彼女は非常に情けない悲鳴を上げた。

「ひぃぃぃ……！」

常世《とこよ》と幽世《かくりよ》の境目を彷徨ったからか、その少女はなんと、白蛇をはじめとする人ならぬものの姿を認識することができるようになっていたのだ。

彼女と目線を合わせることができた白蛇は、喜んだ。

こうして人間に自分の存在を認識してもらうこと自体が、随分と久しぶりだったからだ。

だが少女の家族は、彼女が生き残ったことを喜ばなかった。

少女の体には、醜い無数の火傷の痕が残されていた。

白蛇にできるのは、彼女の持つ自然治癒能力を少し助けてやれるくらいで、残念ながら火傷の痕を消してやることはできなかったのだ。

そんな見た目ではとても嫁の貰い手がないと、この災害後の食糧難の中ではただの穀潰《ごくつぶ》しだと。さらにはいっそ死んでもらった方が良かったと、娘の父が言い放った時、白蛇は尾っぽで彼を吹っ飛ばした。

突然目に見えぬ力に打ち据えられ、怯えた父親は娘を神に捧げると宣《のたま》い、這々《ほうほう》の体《てい》で逃げていった。

彼女は家族に見限られてしまった上で、勝手に白蛇に捧げられてしまったのだ。

帰る場所を失った少女は、そのまま白蛇に仕える巫女として、彼の社で暮らし始めた。

彼女は気は弱いが優しく働き者だった。白蛇のためにと、くるくるとよく働いた。

だが夜になると毎日のように泣いていた。どうやら彼女には、幼い頃からの許嫁《いいなずけ》がいたらしい。

「本当は、お嫁さんになりたかったのです……」

少女はその許嫁を心から慕っており、彼に嫁ぐことが幼い頃からの夢だったのだと、そう言っては泣いていた。

白蛇はただ寄り添って、慰めてやることしかできなかった。

時間は流れ、繁殖可能な年頃になると、彼女の精神はさらに不安定になった。

このまま何も為せず老いていくのが恐ろしいのだと、そう言って少女は泣いた。――――だから。

『人間が其方《そなた》を要らぬというのなら、我が其方を娶ろう』

白蛇は娘にそう言ってやった。

誰も自分を認識しない長き孤独の中にいた白蛇は、久しぶりに楽しい時間を過ごしていた。

だから、彼女と永き時を共に過ごすのも悪くないと、そう考えたのだ。

それを今すぐとしなかったのは、娘の中にまだ迷いがあったこと、そして、白蛇は人間としての彼女のことも好きだったからだ。

肉体があるということを、白蛇は羨ましく思っていた。

かつては自分も実体を持っていたはずだが、長い長い年月を経て、精神体だけになってしまった。

確かに面倒なことも多いが、肉があるからこその感覚を、白蛇は得難いものと考えていたのだ。

そもそも娘の泣くということの動作すら、肉体がなければ為せぬものだ。

よって、その時限は心身ともに成熟する二十歳とした。

神に近しいものとなれば、その時の精神のまま時間が止まってしまう。ならば、最も状態が良い時を選ぶべきだろうと思ったからだ。

それは、ちょうど娘が『嫁ぎ遅れ』と断じられる頃合いだと聞いた。その頃になれば、彼女も人の生に諦めがつくだろう。

むしろ生物としては成熟し繁殖に最も適した時期だと思うのだが、人間の社会では、その頃にはもう雌《めす》が番《つがい》を得るための適齢期が終わってしまうのだという。

白蛇にはよく理解ができない道理だ。

だがまあ、人間は実に簡単に死んでしまうものだし、仕方のないことなのかもしれない。

そして娘は白蛇の提案を受け入れた。惨めに生き長らえるくらいなら、『神の嫁』になって、くだらない人間の世界から脱却したいのだと。

『神の嫁』になれば、未だに時折痛む火傷の痕も何もかも肉体ごと捨て去り、この苦しみから楽になれると考えたのだろう。

そんな風にして、もはや何も失うもののない少女は、あっさりといずれ自分の肉体を手放すことを受け入れた。

すると、人間としての生の終わりが見えて気が楽になったのか。娘はよく笑うようになった。

彼女は白蛇を『オシロ様』と呼び、穏やかに毎日を過ごした。

白蛇は嬉しかった。やはり人間の表情の中で、笑顔が一等に好きだ。

娘をもっと笑わせたくて、白蛇はできる限り彼女の願いを叶えてやった。

肉体を持っているうちに、美味しいものを食べさせてやりたかった。綺麗な着物を着せてやりたかった。

なぜならこの子は、白蛇の花嫁になるのだ。お嫁さんは大事にするべきだと、参拝者の誰かが言っていた気がするから。

白蛇はこのままずっと、この娘と共に過ごしていくのだと、そう思っていた。


――だが、思いも寄らない奇跡が起きた。少女を、かつての許嫁が迎えにきたのだ。


『斎賀』という家名を持つ、純朴そうなその青年は、やはりどんな姿であっても彼女を娶りたいと、親を説得してこの社まで迎えにきたらしい。

少女の火傷の痕を痛ましげに見て、苦労をさせてしまったと涙をこぼし、彼女を抱きしめた。

思いがけない迎えに少女はやはり涙を流して喜び、――そして、我に返って震え上がった。

迎えにきてくれた男と共に行けば、神を裏切ることになる。

――神は、祟るものだ。

人が神を裏切り、その怒りを買い、祟られて破滅するという話は昔から腐るほどあった。

そして、白蛇からすでに多くの恩恵を受けている自覚が、彼女にはあった。

だというのに神を裏切りここから去れば、神の嫁を奪ったとして許嫁の『斎賀家』が祟られてしまうのではないか、と彼女は恐れたのだ。

「申し訳ございません。私は彼と共に行きたいのです。けれどその代わり、私にいつか娘が生まれたら、あなた様に差し上げましょう」

少女は保身のため、いずれ生まれるであろう、自分の娘を白蛇に差し出した。

白蛇は、それを受け入れた。やはり、寂しかったのだろうと思う。

そして白蛇は、それまで暮らしていた社を捨て、斎賀家に取り憑いた。

それから、この家に女児が生まれるまでと眠りについた。


――その後、彼女に娘が生まれた。

ある日、生まれたばかりの娘を守るように蟠《とぐろ》を巻いて現れた白蛇に、母となった少女は悲鳴を上げた。

かつて白蛇に向けられていた、甘えるような視線は、今や娘を奪わんとする存在に対する憎しみに満ちていた。

『……身勝手なものだな』

それを聞いた要は、気分が悪そうに吐き捨てた。自分の望みのために安易に未来の我が子を捧げておきながら、今更になってその重さに気付いた。愚かな女の顛末《てんまつ》。

母となった少女は、必死に白蛇に願った。

「どうか娘にも、人間としての時間を与えていただきたいのです。私と同じように」

――娘を、守るために。

白蛇はもちろん、最初からそのつもりだった。

生まれてきた娘は、残念ながら少女とは違い白蛇を認識することはできなかったが、彼女のそばでその成長をほのぼのと見守り、ささやかな願いを叶え。――そして。

やがて娘が嫁げる年齢になると、斎賀夫妻はすぐに彼女を他の人間の男に嫁に出してしまった。

「娘には、良いご縁があったのです。申し訳ございませんが、我が家に次に生まれた娘を――」

またしても、呑気に白蛇はその提案を受け入れた。

『お前、お人好しにも程がないか……？』

要が呆れた声で言う。だが、白蛇としてはそれでも良かったのだ。

元々嫁げないことを嘆く少女への、救済措置としての約定だった。

今となっては形骸化してしまい、歪《いびつ》なその約束だけが残されて。

それは結局何代にも亘り繰り返され、白蛇の嫁取りは延々と先延ばしにされたまま、現在に至る。

だが、白蛇はまずまず幸せだった。最初の少女以後、代々の花嫁候補は白蛇の存在を認識することはできなかったが、約定のおかげで斎賀家に取り憑き、生まれてくる花嫁候補の成長をずっとそばで見守ることができた。

人の成長する姿は面白い。彼女たちの願いを叶え、喜んでもらえるのも嬉しい。

社を離れ、花嫁たちの願いを叶えているうちに随分と神格が落ち、力も大幅に失い、寿命も残り少なくなってしまったが。

それでも彼女たちのそばにいられるだけで、随分と寂しさが薄れたように思うのだ。

『いや、白。お前、馬鹿だろう』

話せと言うから話したのに、要はばっさりと白蛇の行動を切り捨てた。八重子と全く同じ言葉で。

『――――お前はただ利用され、搾取されていただけだ』

詐欺のようなものじゃないかと、要は憤《いきどお》った声で吐き出す。

確かに約束は、いつまで経っても守ってもらえなかった。そのことを少し寂しく思うこともあるが。

『八重子の先祖を悪くは言いたくないが、正直なところ斎賀家は、お前に祟られたって文句は言えなかったと思うぞ』

つい祟るのが面倒で、それでもいいか、などと白蛇は思ってしまうのだが。

『蛇なんだから、もっと執念深く生きろよ』

「要は蛇という生き物に対して間違った認識を持っていると思う。まあ、でもほら、いつかは僕のそばにいてもいいと言ってくれる花嫁候補が現れるかもしれないし」

『白は人間に期待しすぎなんだよ。……人間は、そんな綺麗なもんじゃない』

そうなのかもしれない。だが、白蛇は八重子のことが大好きだったし、要のことも大好きだった。


――だからやっぱり人間は、そう悪いものではないと思うのだ。


『……白、お前、消えてしまうのか？』

要が心配そうな声で聞いてくる。先ほどの白蛇の言葉を思い出したのだろう。

八重子の命を奪うかもしれない存在に対し、要の危機感のなさも大概だと白蛇は思う。

「うん。もうあんまり力が残っていないんだ。……もともとそんな力がある神でもないしね」

斎賀家に搾取され続けた白蛇に、残された時間は少ない。要からやりきれない感情が伝わってくる。

『……あとどれくらい存在できるんだ……？』

「……うーん。多分三百年くらいかな」

『…………なんだよ。心配して損した』

要があからさまに安堵するが、酷いと白蛇は思う。

三百年など、神にとっては瞬きするような時間だというのに。

人間の感覚と一緒にしていただいては困る。

「――ねえシロちゃん！　あっちを見に行きましょう！」

八重子の声に白蛇は、意識を内側から外側に移す。白いブラウスにふわりと裾が広がる紺色のスカートを身につけた八重子が、楽しそうに手を振る。

白蛇は今、人間たちが動物園と呼ぶ施設に遊びにきていた。

『ちょっとの間だけだぞ』

そう言って、要が体を貸してくれた。

あの取り憑かれ事件以後、白蛇は自由に要の体を出入りできるようになっていた。そして、要もあっさり白蛇のことを受け入れてしまう。

自分以外の存在が自分の体の中に入り込むことなど、本来忌諱《きい》すべき事態であるはずだが、色々な人外にしょっちゅう体に入り込まれていた要には、あまり抵抗がないようだ。

それどころか、『白の気配は嫌いじゃない』などと言ってくれる。

要は白蛇のことをお人好しだと言うが、白蛇からすれば要も十分にお人好しである。

だから時々、こうして白蛇は、要の体を借りていた。

要の体に入っている間は、要と意思の疎通ができることも知った。

今も要に体を貸してもらっている間に、内側にいる要に昔話をせがまれ、話してみたのだが。

最終的に話を聞いた要から出された結論が、「白は馬鹿」というものだったので、誠に遺憾である。

八重子にも以前、全く同じ言葉でダメ出しされていたので、自分は本当に馬鹿なのかもしれないと、少々心配になってしまうではないか。

「ほら！　シロちゃん見て！　大きいわねえ」

鉄製の檻《おり》の中にいる獅子《ライオン》を指差し、八重子は目を輝かせて笑った。

「………そうだねえ」

八重子と要はこの春、無事に学校を卒業し、今日のように共に出かける時間を多くとれるようになった。

それに自分を交ぜてくれるのは大変喜ばしいのだけれど。

何やら八重子から、自分は小さな子供のような扱いを受けている気がする。ちなみに要からは完全に弟としての扱いを受けている。彼らよりも遥かに長い時間を生きているというのに、遺憾である。

「あー、でも寝ちゃってお顔が見えないわね。残念」

檻の中の大きな獅子《ライオン》は、混凝土《コンクリート》の床にごろりと横になり、眠っていた。

その姿を白蛇がじいっと見つめれば、突然獅子は跳ね起きて、檻の端っこへと移動しぶるぶると震えた。

やはり人間よりも、気配に聡《さと》いのだろう。

(こっちにおいで。君の姿を八重子に見せてあげたいんだ)

そう白蛇が命じれば、怯えつつも獅子が顔を上げ、こちらに近づいてくる。

上手くいったとほくそ笑んでいたら、隣にいる八重子から、冷ややかな雰囲気を感じた。これは多分、怒っている。

「……シロちゃん。何をしたの？　瞳が金色になっているわよ」

喜ばせようとした結果、どうやら逆効果だったようだ。白蛇は要の眉根をしょんぼりと下げて、目を要が持つ本来の色に戻す。

気をつけてはいるのだが、興奮した時や、力を使った際は、どうしても目が金色を帯びてしまうのだ。

「こっちにこないかな、って思っただけだよ……。八重子が喜ぶかなと思って」

そうしたら獅子が勝手に驚いてしまっただけで。そう言い訳をすれば、八重子は困ったような顔をした。

「起きている時の姿が見たければ、また来ればいいの。こちらの勝手で、無理に起こす必要はないのよ」

獅子《ライオン》さんが可哀想でしょ、と窘められて、白蛇は思わず惚れ惚れと八重子を見てしまう。

『……八重子は本当に優しいねえ』

体の中にいる要に話しかければ、『知っている』などと言って、偉そうにしていた。要も要で本当に可愛い人間だと思う。

それから象という巨大な動物を見た。流石にこれには白蛇も驚いた。うっかりまた少し目が金色になってしまい慌てて元に戻す。

のしのしと歩く雄大なその姿に、八重子と一緒に口と目を開いた間抜けな顔で見惚れてしまった。

『人目があるんだから、表情には気をつけろ。私の体で馬鹿そうな顔をするな』と要に苦言を呈されているのだが、要とは違い根が捻《ひね》くれていない素直な白は、感情がそのまま顔に出てしまうのだ。

確かに周囲は白蛇と要の中身の違いに気がつかないのだから、うっかりすると周囲の要の心象《イメージ》を悪くしてしまうかもしれない。

八重子は不思議と入れ替わってもすぐに、今体を動かしているのは要なのか白なのかをきっちり見抜く。姿は全く同じなのに、ちゃんと双方の特徴を認識してくれているのだ。

そのことを要も白も、ひそかに喜んでいる。

「シロちゃん。仲間がいるみたいよ！」

そう言って手を引かれて連れて行かれたのは爬虫類《はちゅうるい》の展示だった。そこには巨大な蛇がおり、八重子が歓声を上げる。

「わあ、大きい！」

「僕はもっと大きいよ！」

白は思わず展示された蛇に、張り合ってしまった。すると、八重子は声を上げて楽しそうに笑った。

白も自分の間抜けさに、思わず笑ってしまう。

「そうねえ。シロちゃんはとても大きな白蛇なのでしょう？　虹色に輝いてとても綺麗なのだって、要様がおっしゃっていたわ。私も見てみたいなあ」

要曰く、本来女性とは、蛇の類を苦手とするものらしい。だが八重子は全く平気なようだ。

不思議な娘だと要が言っていた。かつて悲鳴を上げた少女を思い出し、確かに、と白も思う。

嫌われていないのなら、嬉しい。きっと一生、八重子が白の本来の姿を見ることはないのだろうけれど。

「シロちゃんは、お出かけが好きよね」

白が機嫌良くしているからか、そんなことを八重子が言った。

もちろんお出かけも好きだが、何よりもこうして大好きな八重子のそばで、同じ時間を過ごせることが、嬉しい。手を伸ばせば、触れられることも、嬉しい。

白蛇の姿では、ただ彼女を見守ることしかできなかったから。今のこの状態を奇跡のように感じる。

そして白は、自分にその機会を与えてくれる、優しい要のことも大好きで。

(――――だからきっと、僕が消えるべきなんだろう)

僅かながら残された力を、どこかで一気に使ってしまえばいい。その存在を保てないくらいに。

自分が消えれば、八重子は人のままでいられるだろう。

そして斎賀の血を引くものとの約定も、自分の存在とともに、消えることになるだろう。

(できるなら最後の力は、二人のために使いたいな)

自分はもう、永遠と思えるような永い時を生きた。こんな楽しい思いもできた。

だから、もういいのだ。できるならば、大好きな二人のために、消えたい。

「シロちゃん！　あっちの方も見に行きましょうよ！」

八重子の手が伸ばされ、白の手をぎゅっと握る。不思議と泣きたくなる、柔らかで温かな感触。

精神体である白が、本来得ることのできぬはずのそれを、確かめるように握り返す。

(八重子の手はすべすべで、温かくて、本当に気持ち良いな……)

人ならざるものが肉体を欲しがる、その理由がわかってしまった。

もっとこの温もりを堪能していたいのだが、残念ながら、要がいい加減に代われと主張している。

仕方がないなあ、と笑って、白は彼の体から抜け出した。

◇◇◇

(――――あ)

彼の眉間にうっすらと皺が寄る。どうやら交代の時間らしい。

それまで子供のように繋いでいた手を離されて、少し寂しい気持ちになるが、その後すぐに腰を抱かれて引き寄せられる。

八重子が彼の胸元にすっぽり収まると、その頭頂部に口付けが落ちてきた。

(……うん。間違いなく要様だわ)

基本的に、こういういやらしい触れ方をするのは、要である。

「要様も象と獅子《ライオン》を見に行かれますか?」

彼の顔を見上げて、優しく聞けば、「いや、別にいい」とそっけなく言われてしまった。

だがそこに、僅かな迷いのようなものを感じる。

白に体を貸している間、要は白の声しか聞こえないのだという。だから白が要の体で経験したことは、全てが要に引き継がれるわけではないのだ。

だからこそ八重子は彼を誘ってみたのだが、成人男性として、動物が見たいとはなかなか言いづらいのかもしれない。

「私がもう一度見たいんです。要様と」

八重子は、上目遣いで彼の顔を見上げておねだりをしてみた。

白といると、つい姉のように世話をしてしまう。だが、要といると不思議と甘えたくなる。

八重子にとっても、白と見た景色と、要と見た景色は全く別のものなのだと思う。だから要とも、一緒に動物たちを見たいのだ。

「……そうか。それなら見に行くか」

要が八重子の提案に、少し恥ずかしそうに頷いてくれる。八重子に気遣われたことに気付いたのだろう。

「……うちの白の方が、ずっと綺麗だな」

そして彼がすぐそばに展示されている大蛇を見てそんなことを言うので、八重子は堪えきれず噴き出してしまった。

二人で獅子《ライオン》を見て、象を見て。要は一見興味なさそうな仕草《しぐさ》をしながらも、その目は熱心に動物たちを追っていて。

八重子は笑いをおさえるのに必死だった。なんだかんだ言って、要と白もまた、兄弟のように仲良しで、お互いにどこか似ているのである。だがここで笑ったら拗ねられてしまうので、我慢である。

それからしばらく要と白が入れ替わりながらの動物園を楽しみ、陽が傾くと、そのすぐそばにある仏蘭西《フランス》料理店で食事をした。

明治に開業したというその店は、皇室の宴の際に料理人を出張させているほどの名店だ。

西洋から輸入したという真っ白な陶磁器の皿に美しく盛られた料理に、八重子は感嘆のため息を吐く。

西洋のテーブルマナーも、ついこの間卒業した女学校で仕込まれている。

貧乏ながらも女学校に通っておいて良かったと、八重子はしみじみ思う。おかげで大きな恥をかかずに、なんとか西院家の嫁をこなせている。教養は身を助くのだ。

「ふわあ……」

牛肉をドミグラスソースで煮込んだという一品を口に含み、八重子は思わず言葉にならない声を漏らす。

ほろりと肉が口の中で解けてしまった。これまで食べたことのある肉は硬いものばかりで、八重子は肉自体がそれほど好きではなかったのだが。

（全く別の食べ物みたい……！）

本当に美味しいものを食べると、言葉が出なくなるものなのである。蕩けるような顔で食事をする八重子の顔を、要もまた幸せそうに笑って見ている。

「美味《うま》いか？」

「美味しいでふ……」

幸せのあまり、八重子の呂律《ろれつ》が回らない。要はそれを聞いてまた笑い、さらに八重子の後ろを見て、目を見開き、下を向いてプルプルと肩を震えさせた。なにやら今度は要が笑いを堪える番らしい。

「……白、大人しく待っていろ。甘いものが出た時に代わってやるから」

どうやら八重子の背後で、白が要に代わってほしくて、くねくねと妙な動きをしながらおねだりしていたらしい。何それ見てみたいと八重子は思う。きっと健気で可愛いのだろう。

だが白はもちろんテーブルマナーなど知らないので、ここで代わってしまうと、西院家の評判を落としかねない大惨事になる可能性が高い。

デザートならばそれほど問題ないだろうと、要は判断したのだろう。

なんだかんだ言って優しい人だと、八重子はほっこりした。

全ての食事を終え、アイスクリームに果物《フルーツ》が飾られたデザートが運ばれてくる。

アイスクリームは最近工場ができ、一般にも流通するようになったが、まだまだ高級品だ。八重子も数えるほどしか食べたことがない。しかもそのほとんどが西院家に嫁いでからである。

八重子の方へ要が手を差し伸べる。そして目を瞑り、次に開いた目は、美しい金色になっていた。

「シロちゃん。目」

デザートを前に、興奮した白の瞳がやはり金色に戻っていた。八重子の指摘に白が慌てて目を瞑り、黒に戻す。

「ごめん……つい」

「ほら、食べましょう。美味しいわよ」

八重子は見本を見せるように匙《スプーン》を取って、アイスクリームを掬《すく》い口に運ぶ。

濃厚な甘さが口の中に広がり、思わず顔が綻《ほころ》んでしまう。

白も八重子の真似をして同じように匙を取り、アイスクリームを掬って口に入れる。

「んー！」

また白の目が綺麗な金色になってしまい、堪えられないと言うように、小さくバタバタと足を動かした。

「シロちゃん……」

その愛らしさに、八重子も堪え切れずに笑ってしまった。気持ちはよくわかる。

太々《ふてぶて》しい要の姿でこんなにも可愛いのだから、反則である。

デザートを食べ終え、素早く白から要に切り替わると、挨拶に来た料理人に労《ねぎら》いの言葉をかける。

それから、迎えに来た自動車に乗って、二人と一柱は家へと帰る。

にやにやと揶揄うように笑っている瑠璃子に帰宅の挨拶をし、それからいつものように自分たちが暮らす洋館の居間でゆっくりと過ごす。

「お出かけは楽しいけれど、やっぱり疲れますね」

「そうだな」

長椅子の背もたれにだらしなく寄りかかりながら八重子が言えば、要も少し笑って同意し、彼女の横に腰をかける。

「白の奴だけ元気だな。よほど楽しかったんだろう。くるくる回って踊っている」

「良いなあ。一度でいいから見てみたいんですよね。その踊るシロちゃん」

二人で笑い合い、それから互いに距離を詰めて、そっと唇を触れ合わせる。

八重子も要と結婚してからの半年で、口付けには随分と慣れたと思う。

それはもう軽いものから深いものまで、色々なものを。

ちゅっと可愛らしい音を立てて、すぐに要の唇が離れる。珍しく、表面に触れるだけの優しい口付けだ。

思わず物足りなげに彼の顔を見てしまい、要に喉で笑われて赤面する。

背中に手が這わされ、柔らかく抱きしめられる。すっぽりと要の体に包まれると、不思議と満たされたような気分になる。

優しいこの人を、守りたい。――――どうしても、死なせたくない。

そう考えたら、八重子の中で、結論は一つだった。

彼の腕の中で覚悟を決めて、八重子はその結論を口にする。

「ねえ、要様。私、ずっと考えていたのですけれど」

「……なんだ?」

優しく聞き返されるその声に、涙が溢れそうになるのを、堪える。

「私、このままシロちゃんのお嫁さんになろうかなって……」

要が、ひゅっと音を立てて息を呑み込んだ。なぜか後ろめたい気分になり、八重子は彼から目を逸らして言い募る。

「もし、私がシロちゃんのお嫁さんになって、この体を喪《うしな》って、人間ではなくなったとしても。要様の側にいられるのなら、それでいいかなって」

――八重子がこのまま神の嫁になれば、延々と引き延ばされてきた白と斎賀家の約定が成立して、白と斎賀家の因縁は消える。

そして白は、斎賀の血から解放されて、自由になれる。

そうしたら白と共に、このまま要の側にいられるのではないだろうかと。そう八重子は考えたのだ。

白は、花嫁の願いは叶えてくれるという。それに白自身も、要のことが大好きだ。

ならばきっと、白にもこの提案を受け入れてもらえるだろう。

「そうしたら、私とシロちゃんで、要様を人ならざるものから守れるでしょう？」

八重子の存在を以《もっ》て、ずっと斎賀家のために尽くしてきた白に報いることができる上に、要のことを守ることもできる。一石二鳥《いっせきにちょう》だ。

そして要は、人並みの寿命を手に入れられるはずだ。穏やかに、暮らしていけるはずだ。

白は、善良な神だ。そしてとても優しい。妻となった後も、ずっと八重子を大切にしてくれるだろう。

そのために八重子の人間としての命が終わってしまったとしても、今ある選択肢の中で、それが最も良い方法だと八重子は思ったのだ。

（もう二度と、要様に触れてもらえなくなるのは、とても寂しいことだけれど……）

すると八重子の決意を聞いていた要の顔が、みるみるうちに怒りに歪んだ。

痛む心を堪えてそっと彼の顔を窺った八重子は、その憤怒に満ちた表情に、思わずひっと小さな声を上げてしまった。

「────巫山戯《ふざけ》るなよ。私をみくびるのもいい加減にしろ……！」

声は低く、怒りを湛えて震えて響く。こんなにも怒った彼を、八重子は初めて見た。

要からの圧迫感で、呼吸が上手くできない。浅い呼吸を繰り返しながら、自分は何か間違ったことを言ってしまったのかと怯える。

「私は自分の延命のために、好いた女を生贄《いけにえ》にするつもりなどないぞ……！」

びりびりと響く大喝《だいかつ》に、彼の怒りが伝わってくるようだった。

生まれて初めて男性の怒鳴り声を真正面に受け、八重子の脚は震え、立ち上がることすらできない。

自分が犠牲になればいいと思っていた。そうすれば、大好きな要や白、そして瑠璃子が幸せになれると。

そう、疑いもなく思っていたのだ。

「……なるほど。八重子は私のことを、自分のためなら君の死をも厭《いと》わないような、冷酷な人間だと思っているのか」

泣きそうな、声だった。硬直の解けた八重子は慌てて首を横に振る。

そんなつもりはなかった。ちゃんと悲しんでくれるだろうとは思っていた。

だがそれは所詮一過性のもので、いつかは八重子のことを忘れて、幸せに生きていってくれると、そう考えていたのだ。

しかし要は八重子が思うよりもずっと深く、そして重く、八重子のことを想ってくれていたようだ。

(……要様、さっき私のこと『好いた女』って言ってくださった……?)

思い出して、頬が熱くなる。普段の彼は好意を素直に口にする人間ではない。

――どうしよう、嬉しい。怒っている要は怖くてたまらないけれど、やっぱり嬉しい。

そんなことを呑気に考えていた八重子は、突然体を襲った浮遊感に目を見開く。

要が八重子を抱き上げたのだ。そしてまるで荷物のように担ぐと、そのまま自分の寝室へと向かい、大きな寝台に八重子の体を放り投げた。

「きゃあっ!」

寝台は柔らかく、八重子の体を深く沈み込ませて受け止める。痛くはないが、その衝撃に思わず小さく声を上げてしまった。

「……ああ、それなら今すぐここで犯してしまえばいいんだな。そうしたらもう、そんな馬鹿なことは考えられないだろう?」

要はそう言って、八重子の体を己の四肢で、寝台へと縫いつけた。

八重子が着ていたブラウスのボタンを次々に外し、その下にある胸当てもあっさりと外してしまう。

そして、長い丈のスカートは腰上まで捲り上げ、その白く形の良い太ももまで剥き出しにさせてしまった。

「要様！　待ってください！」

ここで純潔を散らされてしまえば、もう八重子が白の花嫁になることは、できなくなる。

それどころか、あと一年と半年残されているはずの、安寧の時間すら、消えてしまうのに。

怨霊に囚われた要を思い出し、八重子の全身から血の気が引く。

「お願いです！　要様……！　むうっ！」

必死にのしかかる彼の胸元を両手で押さえていたが、男性の力に敵《かな》うわけがなく。

あっという間に唇を、喰《く》らい付かれるように奪われてしまう。

顎を押さえつけられ、間《あわい》の緩んだ唇に、熱い舌が入り込んでくる。

「んっ、いやっ……！」

口腔内を容赦無く蹂躙《じゅうりん》され、まるで言葉を奪うように舌を絡められる。制止の声すら、もう出すことができない。

乱暴に胸を揉み上げられ、その頂を強く摘まれ、思わず腰が跳ねる。こんなにも乱暴な愛撫は初めてだ。

痛くてたまらないのに、痛みとともに、蓄積されていく甘い疼き。

要によって繰り返された予行練習とやらのせいで、八重子の体は容易く快楽を拾うようになっていた。

（だめ……！　このままじゃ……！）

八重子の視界が潤み、次から次に涙がこぼれ落ちる。

だが、それでも要の手は動きを止めてはくれない。

腰巻きを剥ぎ取られ、秘された場所が、剥き出しになる。

そこにある割れ目を指でなぞられれば、くちゅりと卑猥《ひわい》な水音がした。

「なんだ。嫌だと言いながら、ちゃんと感じてるんじゃないか」

要の冷たい声に、とうとう八重子の心が折れて、体から力が抜けてしまう。

「そのまま大人しくしていろ。そうしたら酷くはしない」

濡れた割れ目に要の指先が沈み込む。そして滲み出た蜜を絡めると、そこにある小さな敏感な芽を根本から擦り上げた。

「ひっ！　んっ‼」

痛痒いような感覚に、思わず声が漏れる。要は強弱をつけながらその場所を甚振《いたぶ》り続ける。

八重子の意思とは関係なく、蜜が溢れ出し、彼の手を濡らす。

情けなくて、居た堪れなくて。はらはらと八重子は涙を流し続ける。

そこが十分に濡れたことを確認したのか、大きく脚を開かされ、そして前をくつろげた要の先端が、蜜口に触れたその瞬間。

――八重子の目の前が、一気に開けた。

◇◇◇

要はこれまで、自分をあまり感情の波のない人間だと思っていた。

人生の終わりが見えていると、人は、無気力かつ怠惰になるものらしい。

何かに心動かされることもなく、だからこそ何かに執着することもなく。

いずれ何かに憑き殺されるその時まで、淡々と義務《ノルマ》のように生きるだけ。

――――そう、思っていたのに。

彼の人生に、八重子と白が関わり始めて、彼の日々はがらりと変わった。

毎日が、喜怒哀楽で忙しい。驚くほど一日を短く感じる。

「……要さん。今、幸せ？」

八重子との結婚後、しばらくして、そう母である瑠璃子に聞かれた時。要は躊躇《ためら》いなく頷いた。

「はい。とても。……生まれてきて良かったと、そう思えるくらいに」

西院家の当主は、代々呪われている。皆が皆、例外なく短く悲惨な人生を送っている。

自分たちは、人ならざるものの贄として生まれているのではないかとさえ、要は思っていた。

そして自分の息子にも、それらが引き継がれると知りながら、母は要を産んだのだ。

表面上は明るく強気な母が、実はそのことに酷く罪の意識を持っていることを、要は知っていた。

実際に、自分など生まれてこなければ良かったと、そう思ったことも、一度や二度ではない。

母が悲しむことを知っていたから、あえてそれを口に出すことはなかっただけで。

けれどそんな要の思いに、母は気付いてはいたのだろう。

要の心からの言葉に、母はその場に崩れ落ちて、肩を震わせながら泣いていた。

かつて母が必死になって要の結婚相手を探していることを、この西院家を存続させるためにしているのだと勝手に思っていたのだが。

その姿を見て、自分がとんだ思い違いをしていたことを、要は知った。

母はずっと息子に、短い人生の中でも人並みの幸せを与えたいと、そう思っていたのだろう。

そして、図らずも彼女が望んだ通りに、要は愛する妻を手に入れた。

――これ以上を望んだら、流石に烏滸がましいというものだ。

いつかその時が来たら、八重子を抱くのだ。――丁寧に、情熱的に。

白には悪いが、要はそれを自分の辛く苦しい人生の、最後のご褒美のようにさえ感じていた。

そして己の持てる全てを八重子に委ね、満足して死ねると思っていたのだ。


――それなのに、今、八重子はなんと言った。

要の思いなど何も知らず、自分の命をなんと言ったのか。

今まで感じたことないほどの、脳に焼きつくような激しい怒りが要の中で湧き上がり。

気が付けば、八重子を寝台に押し倒していた。

(ずっと、我慢してやったのに。――――もう、いい)

欲望のまま、犯し尽くしてやろう。要の代わりにその命を差し出すような真似を、もう二度とさせないように。

強引に八重子の体を高め、いざ、純潔を散らしてやろうと、脚を大きく開かせたところで。

要の視界に白銀に輝く何かが迫った。

そして、体に強い衝撃が走り、背中から壁に打ち付けられた。

感じたのは、懐かしさだ。おそらく八重子は要に対し、恐怖を感じたのだろう。

――そして、白が動いたのだ。

白の尾が、要の体へと伸ばされる。触れ合った場所から伝わるのは、白の嘆きだ。


『――――だめだよ。要。それは暴力だ』


要の頭に、さらに血が上るのがわかった。

「――っ！　お前は八重子が手に入るから！　そんなことを言ってるんだろうが！」

どの口が、それを言うのか。白の言葉に、要は激情のまま怒鳴り散らす。

打ち付けた背中が、じくじくと痛み、肺が苦しい。それは衝撃によるものか、それとも心の痛みか。

すると、白が悲しげな顔をした。気が付けばすっかり蛇の表情が読めるようになってしまった自分がなんとなく可笑しくて、要は脱力し、乾いた笑いが溢れた。

『……うん。八重子がお嫁さんになってくれたら、とても嬉しいよ。でも僕は、二人がこんな風に悲しむことの方がずっとずっと嫌だよ』

白の言葉はいつも率直だ。人間とは違い、構える必要がないからか。

『だって僕は、要が大好きだし、八重子が大好きだし。二人が一緒にいる姿を見ることも好きだから』

そうだ。いつだって白は、要と八重子が過ごす姿を、楽しそうに興味津々に見つめていた。

要は自分の醜さを見せつけられたような気分になり、唇を噛み締める。

『大体要は何に対してそんなに怒っているの？　身代わりになりたいと思うくらい、八重子が君のことを大切に思っているってことじゃないか』

白の言葉は、正しい。だが要とて八重子のことを大事に思っているのだ。自分の命よりもずっと。

きっと、それをわかってもらえていないことが、悲しくて悲しくてたまらなかったのだ。

先ほどの白の尾っぽの一撃は、一応手心が加えられていたらしい。体のどこかが折れたり切れたりといったことはないようだ。

要は痛みを堪えてゆっくりと立ち上がる。そして、怯えた顔をした八重子に近づいた。

八重子が小さく震える。そう、白の言葉は正しい。これは間違いなく暴力だった。

八重子がかつて、男の身勝手な暴力に何度も何度も辛い思いをしたことを、自分は知っていたのに。

「……八重子。すまない」

膝をつき、頭を下げれば、また八重子の両目から、ぼろぼろと涙が溢れ出した。

「白。悪いが代わってくれ。私では八重子を怯えさせてしまう」

良かれと思って要は言ったのだが、それを聞いた八重子は目を吊り上げた。

「ダメです！　待って！　逃げないで……！」

きっぱりとそう言って、乱れた服を手早く整えると、八重子は寝台の上に正座をした。

どうやらお説教をされるらしい。もちろん逃げる気などない。何を言われても受け入れようと要は思う。

八重子の隣で白もなぜか綺麗に蜷《とぐろ》を巻いて、固唾《かたず》を飲んだ表情をしている。

やはり蛇の表情がわかる自分は本当に凄いと、要は若干の現実逃避をしてしまった。

こほん、とわざとらしく咳払《せきばら》いをした後で、八重子は口を開いた。

「要様。誠に申し上げにくいのですが、お話をする前に、一つお願いがありまして」

「ああ、なんでも言ってくれ」

八重子を深く傷つけた要は、彼女の命以外の要求は、全てを受け入れるつもりだった。

「それ、しまっていただけませんか。目のやり場が……」

八重子の指先は、要の下半身に向かっていた。

そこは前の留め具が全開となり、下着もろともずり落ちたままの洋袴《スラックス》で。

「す、すまない……！」

要は慌てて下着と洋袴《スラックス》を持ち上げ、前を閉める。真面目な話をしようとしている時に、股間が丸出しだったという醜態。

あまりの恥ずかしさ、情けなさに、それまで考えていたことが、頭から全てすっ飛んでしまった。

珍しい要の赤面に、八重子もまた噴き出して、くすくすと笑った。

それまであった重苦しい雰囲気が、少しだけ軽くなる。

なんとか身だしなみを整えた要は、怖がらせないよう八重子との間に適度の距離を取って、寝台に腰をかけた。

「……正直なところ、私がシロちゃんの花嫁になることが、一番良い気がするんですけれど。要様は最初の約束通り、時限が近づいたら、私をお抱きになるつもりなのですね」

「ああ。悪いがそれは譲れない。君を私の身代わりにするつもりはない。死ぬのは私でいい。悪いが白は他に花嫁を探せ」

「それよりも、僕が消えてしまえば一番いいいんじゃないかな……」

意見を聞こうと白を体の中に取り込んでみれば、彼は珍しくしょんぼりとそんなことを言う。

「それはだめ。人間と違ってシロちゃんはその存在自体が消えちゃうんでしょう？　それにそもそも要様もシロちゃんの守護がないと生きてはいけないのだし」

白に巫山戯るなと言おうとしたら、八重子が代わりにぴしゃりと言ってくれた。

白が困ったような、けれども少し嬉しそうな顔をして、要の中から出て行った。

二人と一柱は顔を見合わせ、ため息を吐いた。

日々仲良く過ごしながらも、目線はそれぞれまるっきり違う方向を向いていた。

各々が同じように、自分以外を大切に思い、自分自身が犠牲になるべきだと考えていたのだ。

「困りましたね……。どうしましょう」

八方塞がりである。完璧な解決案が見つからない。

誰も犠牲にしたくはないのに、誰かが犠牲にならねばならない。

――そして、時限は一年と半年。八重子が数えで二十歳になる、新年。

しばしの沈黙の後。パチンと大きな音を立てて八重子は手を叩いた。

「……何か思いついたのか？」

僅かな期待を滲ませて要が聞いてみれば、「いいえ」と八重子はシャキシャキ明るく元気に答えた。

「いっそのこと、結論は先延ばしに致しましょう！」

要と白は目を見開き、唖然《あぜん》とした顔をして八重子を見つめた。

「うだうだ考えていても仕方ありません。どうせ考えたところで結論なんて出やしないんです。だったらとにかく残された貴重な時間を、充実させましょう」

――一年半後の冬、誰がどうなっても、後悔のないように。

「今急いで決めることはないでしょう。時間はまだ残されているのだから。ギリギリになるまで結論を出すのは引き延ばしてしまいましょう」

八重子はにこにこと笑いながら、全くもって解決にならない提案をする。

「だって下手に早めに結論を出して、せっかくの残された日々をお葬式みたいに過ごすのは、嫌ですもの」

八重子の驚くほど前向きな姿勢に、思わず要は噴き出してしまい、腹を抱えて笑った。

八重子には見えないが、白も寝台の上で転げ回っている。多分笑っているのだろう。

「そうだな、それがいい」

『そうしよう！　そうしよう！』

「そうでしょう？　私天才ですね」

「よし、学校も無事に卒業したことだし、旅行に行こうか。死ぬ前に見たいものを見ておこう」

「良いですわね！　私ほとんど東京市から出たことがなくて。色々なところに行きたいです」

『日本中の美味しいものを食べに行きたいな！　要の体を借りて！』

「図々しい奴だな。まあいい、貸してやろう」

「うふふ。そうだわ。まずはシロちゃんが住んでいたっていう社や、我が家が昔あったという京都に行ってみましょうか？」

「わかった。早速汽車の切符を取ろう。遅ればせながら新婚旅行というやつだ」

『あの黒い鉄の塊だよね！　僕、乗ってみたかったんだー』

「私、汽車に乗ったことがないので楽しみです！」

取り留めなく、たくさんの未来の話をする。八重子に出会う前の要には信じられないだろう、幸せな時間。

『――お互いがお互いを、自分自身より大切に思う。それって凄いことだよね、要』

白がしみじみとそんなことを言うのを、要は聞いた。確かに奇跡のような出来事だと思う。

白は頭が足りないようで、実は物事の本質を誰よりも見抜いているのだろう。

「ところで要様。先ほどおっしゃってくださった言葉は本当ですか？」

難しいことを考えることを放棄して、何やら楽しい気分になってしまった要に、唐突に八重子から鋭い質問がやってきた。

先ほど言った言葉とは、一体なんだったかと首を傾げる。覚えていない要に対し、八重子は小さく唇を尖らせた。

そんな幼げな表情も可愛い。いつだって妻は最高に可愛い。

「要様、私のことを『好いた女』と。そうおっしゃってくださいましたよね」

「…………っ！」

瞬間、要は羞恥で死にそうになる。

言った。怒りと興奮に任せて、間違いなく言った。

いつか自分が死んだ時に、八重子が引き摺らないようにと。

――ずっと、伝えることを我慢していた言葉。

「…………い、言ったか……？」

「おっしゃいましたわよ。ねえ、シロちゃん」

『うん。僕もしっかりと聞いたよ』

誤魔化そうと思ったのに、まさかの証人出現である。ところで白、お前の耳はどこにある？

大体八重子には白の姿が見えていないし、声も聞こえないはずなのに、なぜそんなにも息が合っているのか。解《げ》せない。

八重子が手を伸ばし、そっと両手で要の頬を包み込み、自分の方へと向けさせる。

もうその手は震えていない。その目に怯えた色もない。そのことに安堵して。そして。

「――ちなみに私も、実は要様のことが大好きです」

「…………っ」

にっこりと笑って真っ直ぐに伝えられた好意に思わず要は息を呑み、そして顔を隠すように下を向いた。

涙腺が緩みそうになったからだ。必死に嗚咽《おえつ》を堪え、変な声が漏れそうになる。

そろりと腕を伸ばし、八重子を逃げられる程度の強さで抱きしめる。

八重子が小さく震え、慌ててすぐに解放しようとしたところで逃がすまいと背中に彼女の腕が回された。

胸が締め付けられる。八重子の体を、しっかりと隙間なく抱きしめて要は思う。

駄目だ。これはもう認めるしかない。そう、どうしたって自分は。

「……私は。君に、どうしようもなく惚れている」

彼女の耳元で囁けば、八重子は「嬉しい」と呟き、肩を震わせて泣き出した。

（ああ、もうどうしてくれるんだ。余計に死にたくなくなってしまったじゃないか……）

要の目からも、一筋涙がこぼれ落ちた。

幸せだ。自分は、今、この瞬間のために生きていたのだとさえ思える。

ずっと、生きることを諦めていたはずのに。こんなにも今、死にたくないと願う。

すると慰めるように、白が抱きしめ合う要と八重子に、その細長い体で柔らかく巻きつく。

そして二人の涙を細い舌先でちろりと舐める。くすぐったいからやめてほしい。思わず笑いがこみ上げてきてしまった。


――結論を先延ばしにして得た幸せを、二人と一柱はしみじみと噛み締めた。


『いいか、白。ナイフとフォークは外側から一本ずつ使うんだ。動かす時は、肘から下を動かせ』

「こ、こうかな……？」

『阿呆《あほう》。そもそもフォークを持つ手が反対だ。フォークは必ず左手で持つ』

「えええ？　その理由は？」

『知らんが西洋のマナーでそう決まっている』

「えっと、それでお肉は……」

『肉は左側から一切れずつ切る』

「そ、そうなの……？　なんで？」

『だからなんでかは知らんがそう決まっているんだ。やれ』

「今日も要は無駄に偉そうだよね……。それにしても本当人間ってよくわからないな……。手掴みで食べてしまえば簡単だし早いのに」

『それを言ったらおしまいだろうが』

「シロちゃん、それを言ったらおしまいよ……」

ナイフとフォークを要の指導のもと必死に動かしている白に、八重子は必死に笑いを堪えつつ、彼の手本となるようにフォークとナイフを動かしてみせた。

白は目を金色にして、じいっと八重子の手元に集中して見ている。

そして、八重子の真似をして手を動かすが、しょんぼりと眉を落とすあたり、すぐさま要からの駄目出しが入ったのだろう。

（シロちゃん、頑張っていると思うのだけれど）

想定以上に、講師の要は厳しかった。要の顔で、白は半泣きである。

――結論の先延ばしを決めた、あの日。

要が書斎から持ち出した日本地図を寝台の上に広げ、二人と一柱でそれを囲んでそこかしこに赤い鉛筆で丸をしていった。

日本で有名な、仏閣や神社がある場所ばかりである。

「やっぱり縋るべきは、白以外の、もっと強大な力を持った神々ではないかと思う」

そんな要の案に沿って、これから行こうとしている旅行先だ。

手当たり次第さまざまな神と接触を試みて、なんとか助けてもらえないかという、無差別神頼み作戦である。

そもそも有名な仏閣や神社がある場所は観光地であることが多く、もちろんついでに旅行も楽しんでしまおうとも考えている。

そして同時に、白を人間社会に適応させようという計画が、八重子と要の間で持ち上がったのだ。

せっかく二人と一柱で旅行に行くのだから、できる限り色々な経験を白にもさせてやりたい、というのが要と八重子の希望だった。

白は人間ではない。人間の肉体を借りて動かすということも、長い神生《じんせい》においてこれが初めてだと言う。

だから、人間にとって普通のことが、彼にはよくわからないのだ。

そして今日は、テーブルマナーの講習を、内側にいる要が講師となって行っている。

これは食べることが大好きな白のため、美味しいものを食べる時にいつでもどこでも彼と代わってやれるように、という要のわかりづらい優しさなのである。

昨日は和食で箸を使う訓練をし、その難しさにべそをかいたばかりだというのに、今日は西洋のテーブルマナーだ。

一通り講習を終えた白は、ぐったりとテーブルクロスの上に突っ伏し、やはりすぐに『行儀が悪い！』と要の教育的指導が入って、ひゃっと背筋を伸ばした。

『あとは白。お前のそのやたらと子供じみた喋《しゃべ》り方をなんとかしろ』

白の中で要がそんな指摘をしたようだ。「要に話し方を変えろって言われちゃった」と白は困ったように眉を下げた。

「この喋り方が気に入っているんだけどなあ」

白はしょんぼり肩を落とす。慣れてしまうとあまり気にならないが、確かに立派な成人男性である要の外見でその言葉遣いは、そぐわないかもしれない。

「そういえば、どうしてシロちゃんってそんな子供っぽい喋り方をするの？」

そこで八重子は、ずっと疑問に思っていたことを聞いてみた。

確かに初めて言葉を交わした時から、白は要の言う通り、どうも神様らしくない小さな子供のような話し方をするのだ。

「ああ、正太郎の真似をしているんだよ」

「正ちゃんを？」

意外な話に、八重子は目を見開く。正太郎とは八重子と七歳離れた弟の名前だ。

確かに言われてみれば、白の話し方は幼い正太郎によく似ていた。

そして八重子はその弟を猫可愛がりしていた。歳の離れた弟というのは、無条件に可愛いものなのだ。

「正太郎が八重子に可愛がられている姿をずっと見てきたから、羨ましくて。僕も正太郎みたいに、八重子に可愛がってほしいなあって思ったんだよ」

それは今になって初めて知る真実であった。前から正太郎のような言葉遣いの神様だと思ってはいたのだが、まさか本当に参考にしていたとは。

「実際に僕がこの話し方をしているせいで、八重子は初めてお話をした時も、あまり警戒せずに僕と会話してくれたでしょう？」

それは確かにそうだった。子供の神だろうと思ったから、八重子はそれほど気負わずにすんだのだ。

「……でも今ならどんな話し方でも、シロちゃんが良い子だってことはわかっているから大丈夫よ？」

八重子はそう言って微笑んだ。すると「ふうん」と白が鼻を鳴らした。珍しく、少々不服そうな顔をしている。

そして瞳を美しい金色に煌《きら》めかせると、その形の良い唇を開いた。

「八重子……。我の花嫁」

「ひゃい……！」

突然の普段とは違う話し方、艶やかな低い声に、八重子はゾワゾワっと背筋が震えた。

「其方《そなた》は今日も美しいな」

ふと微笑み、八重子の髪を優しく撫でる。そして彼女の腰を自然に抱き寄せて、その頬に口付けを落とした。

(ひえええ……！)

溢れ出る色気がいつもの比ではない。これでは要すら遠く及ぶまい。まさか話し方一つで、こんなにも魔性度が違うものなのか。

八重子の顔が真っ赤に染まり、腰が砕けそうになった。

「――これでも我は、八重子にとって子供か？」

耳元で切なげに囁かれ、完全に八重子は陥落した。先ほど八重子の言った『良い子』という言葉が、どうやら白には気に食わなかったらしい。

(いつも要様にいい子いい子されて喜んでいるくせに……！)

思わず八重子は心の中で叫び、そして白に再び提案をした。

「――――し、シロちゃん。やっぱりいつもの話し方に戻しましょう……！」

「何故？　あまりにも言葉を撤回するのが早くはないか？」

「なんでもです。このままでは私の心臓が止まりそうです」

「わあ！　それは大変だね！　大丈夫？」

普段通りの言葉遣いで、白が心配そうな目で八重子を見つめる。

八重子は深呼吸をして、上がってしまった心拍数を、なんとか落ち着かせようとした。

これまで八重子は白のことを、勝手に子供の神だと思い込んでいた。

いやはやとんでもない。やはり白は、八重子や要よりもずっと長い時間存在してきた神なのである。

要もこれ以上何も言わなかった。いや、おそらくは言えなかったのだろう。

今頃体の中で、敗北感に打ちひしがれているに違いない。

そして八重子の心臓と要の心の平穏のため、やはり白には今まで通り、正太郎由来の子供っぽい話し方を続けてもらうこととなった。

『――――うん。いいだろう。これなら問題なさそうだ』

ようやく白が要から合格を貰えたのは、それから一週間以上後のことだった。

白は精神体のくせに疲労困憊《こんぱい》でヨレヨレであったが、褒められたことが嬉しいのか、要の体を出たのちは、楽しそうに踊っていたようだ。

「ではまずは、母上の前で試してみようか」

要から出た課題に、白は気合を入れて頷いた。

おそらく瑠璃子なら、白が何かを失敗しても「あらあらどうしたの要さん」とちょっと小馬鹿にされて終わりだろうと八重子も甘く考えた。

「いいか。白。母上の前では『はい』『いいえ』『そうですか』この三つの相槌《あいづち》で切り抜けろ」

「要様、それは無茶ってものでは……」

「大丈夫だ。そもそも私は食事中、ほとんど母上と話していないだろう？」

言われてみれば、確かに食事中の会話はほとんど八重子と瑠璃子で行われており、要は適当に相槌を打っているだけだ。

「それは良くありません。もっと瑠璃子様と会話しましょう。要様」

「母上は私より八重子と話す方が何倍も楽しそうだから、問題ない」

そういう問題ではない。八重子は思わず小さく唇を尖らせた。すると誤魔化すように、要がその唇を自らの唇で塞ぐ。

そうやって、自分に都合が悪くなると唇を塞ぐのは、要の悪い癖だと八重子は思った。


「さて。まずは朝食からだね」

翌日の朝、白と八重子は緊張しつつ、本邸の居間へと向かう。

これに成功し瑠璃子を最後まで騙し通すことができれば、外食だけではなく、普段の食事についても、たまに要と交代してもらえるかもしれないという打算が、白の中にはあるらしい。

神様のくせに、どれだけ食べることが好きなのか。本当に不思議な神様である。

逆に要は食べることにそれほどのこだわりはないらしく、白が食べたそうにしていると、すぐに代わってやっている。

「おはようございます！　瑠璃子様」

「おはようございます。母上」

「おはよう。二人とも」

まずはさりげない挨拶からである。とりあえずここまでは完璧だ。

今日も瑠璃子は朝からきっちりと着物を身につけ、その顔には綺麗に化粧を施してある。

美しすぎて、どこにも隙がない。

もちろん八重子は全く化粧をしていない。若いから大丈夫よ、という瑠璃子の言葉に甘えている。

各々の席に着き、食事が運ばれてきて、白が綺麗な所作で食べていく。ここも問題ない。

本当に随分と箸を使うことが上手くなったと、まるで保護者のように八重子は感動してしまう。

「瑠璃子様、今日のご予定は？」

「今日は百貨店まで買い物に行こうと思っているのよ。外商さんに持ってきていただくのも良いけれど、やはり品数が少ないし、自分の目で色々と見て吟味したいじゃない？」

与えられた服を与えられたまま着て満足している八重子とは、やはり住んでいる世界が違うらしい。

「瑠璃子様のお気に召すものがあると良いですね」

「ええ、そろそろ季節も変わることだし。いくつか見繕ってくるわ。もちろん八重子さんの分も」

にっこりと笑って請け負ってくれる瑠璃子に、八重子は感謝しかない。

瑠璃子の選んだ服を着ていれば間違いないという、絶対的な信頼が彼女にはある。

八重子が現在、侯爵夫人として大きな恥をかくことなく社交をこなすことができているのは、偏《ひとえ》に瑠璃子のおかげだ。

「あなただって、可愛い八重子さんを見たいでしょう」

「……そうですね」

突然瑠璃子に振り向かれ、話題を振られた白に、むしろ八重子の方が動揺した。

だが白は要から教えられた通りに相槌を使って、うまく切り抜けた。

大丈夫そうだと八重子は胸を撫で下ろす。そしてこのままうまくいくかと思いきや。

「――――ねえ、ところで、あなたは一体何者なの？」

瑠璃子はにっこりと笑って白に聞いた。唐突な尋問に驚いて、八重子も思わず椅子から腰を浮かしかける。

そして、ここにきてから瑠璃子が一回も白に対し『要』と名前を呼んでいないことに気付き、血の気が引いた。

瑠璃子の妙な威圧感に、怯えた白はそそくさと要の体から逃げ出す。

「母上……」

白が逃亡したので、要が表に出ざるを得ない。

渋々といった体で彼が出てくると、瑠璃子は「あらあら」と笑った。

「要さんにもどったのね」

「ええ、それにしてもよくおわかりになりましたね、母上」

「だって、確かに見た目はあなただけれど、中身が全然違うでしょう。あんな風にあなたが食事を前に喜びをあらわにするなんて、有り得ないわ」

やはり、母はよく見ていた。要は昔から食事に興味がない子供だったのだ。

「お父様も時々体を乗っ取られてしまうことがあったから……慣れているのよ」

流石はこの西院家と長く付き合い続けた女傑である。彼女を騙すことは、全くもってできなかった。

大丈夫だろうと言う要の口車に乗ってしまった八重子は、深く反省する。

瑠璃子を裏切るような真似は、絶対にしたくなかったというのに。

「それで、さっきまであなたの体の中にいた方はどなた?」

これ以上瑠璃子を騙すことはできない。罪悪感を覚えた八重子は素直に答えた。

「ええと、シロちゃんです」

「白です。母上」

息子夫婦の声が、微妙に重なる。一体なんのことかと、瑠璃子は額を指先で押さえた。

「……とりあえず、何か白い色のものが関わっているということはわかったわ。それで、そのシロちゃんとやらは一体どんな存在なの?」

聞かれて、八重子は困ってしまった。神の類であるなどと言えば、瑠璃子に頭がおかしくなったと思われてしまうのではないだろうか。

だがそもそも、要が日常的に人ならざるものに体を乗っ取られていること自体が普通ではないのだが。

ここでの生活で、八重子は根本から感覚がおかしくなっていた。

「ええと……。私の嫁入り道具のようなものでしょうか……？」

瑠璃子はさらに不可解そうな顔をする。どこに人ならざるものを嫁入り道具にする花嫁がいるのか。

「たしかに嫁入り道具とは言い得て妙だな……」

それを聞いた要が噴き出して笑った。おそらく彼の目には「僕、道具じゃないよ……!?」と慌てふためいている白の姿が見えるのだろう。

「すみません。母上。全てお話しします。いいだろう？　八重子。白」

要さえ良いのなら、八重子にも異存はない。彼女は小さく頷いた。

そして、瑠璃子に見破られても全く動揺する様子がないことから、要は最初からそのつもりだったのかもしれないと八重子は思った。

確かにこれから二人と一柱で過ごしていく上で、味方となる人間は多い方がいいだろう。

「つまり要さんは、八重子さんに憑いている、その『シロちゃん』という神様が欲しくて、八重子さんと結婚したということ……？」

流石に「神の嫁」云々の生々しい部分に関しては伏せ、白が八重子に取り憑いた神であることは、瑠璃子に明かすことにした。

白のおかげで、要は今、人ならざるものからその身を守られていることも。

そして、白は要の体の中に入り、彼の体を動かすことができることまで。

それら全てを聞いた瑠璃子は、一つ深いため息を吐いた。

「あなたたち……。一つだけ言いたいのだけれど」

「はい、なんでしょうか瑠璃子様」

慌てて八重子は姿勢を正す。何を言われても甘んじて受けるつもりであった。

「曲がりなりにも神様に対し、もう少しまともなお名前をつけられなかったの？　そんな愛玩動物みたいな名前をつけて」

「「…………」」

ぐうの音もでない。確かに八重子の名付け能力は酷かった。瑠璃子の指摘は実に的確である。

また要が一人、下を向いて震えながら笑いを堪えている。

やはり彼の目には「僕、愛玩動物だったの……!?」と衝撃を受けている、白の姿が見えているのだろう。

「ただ、要さんが八重子さんに恋に落ちて結婚をしたわけではなかったことが、寂しいわ……」

私、色んな人に恋愛結婚だと吹聴してしまったのに、と瑠璃子は肩を落とした。

「結果的には問題ありませんよ。母上。実際私は今、八重子にベタ惚れですから」

「…………！」

普段二人でいる時はちっともそういうことを言ってくれないくせに、こんな時に限ってしっかりと口にするのはどうかと思う。八重子は顔を真っ赤にして俯いた。

するとそんな二人を見て、瑠璃子は小さく声を上げて笑った。

「要が最近元気になったのも、八重子さんと憑いてるシロちゃんのおかげなのでしょう」

「ええ、白が私の周りに蔓延る亡者を浄化してくれるので」

「……不思議には思っていたのよ。いくら念願のお嫁さんを貰ったからといって、要さん、元気になりすぎたもの」

それまで忌まわしい能力のせいで夜もまともに眠れず、食事もほとんどとれず、ただぼうっと過ごしていた、要。

そんな息子は、今ではよく眠りよく食べ、すっかり健康的になってしまった。八重子と白には感謝しかないと瑠璃子は言った。

「これでも私は、人を見る目はあってよ。……あの子は悪い子ではないわ」

人ではなくて、神である。だが白が善良な神であることは、一応理解してくれたようだ。

「信じてくれてありがとう！　瑠璃子！」

すると、また要の体に入り込んだのであろう白が、屈託のない笑顔でにこにこと笑い瑠璃子に礼を言った。

すると瑠璃子は思わずその笑顔に見惚れ、毒気を抜かれた顔をした。

息子が、こんなにも素直に満面の笑みを見せてくれることなど、久しくなかったからかもしれない。

「し、白ちゃん。瑠璃子様よ……！」

白ときたら、なぜ勝手に瑠璃子様を呼び捨てているのか。神だからか。

「いいのよ、八重子さん。流石に神様に対して、ただの人間である私に礼を執れっていうのもおかしな話でしょう?」

瑠璃子も必死で笑いを堪えている。普段太々しい息子が、まるで子供のような雰囲気になってしまったことが、おかしくて仕方がないのだろう。

こうして、西院家は全員、白の存在を受け入れ、相変わらず大らかに暮らすことになった。

以後、瑠璃子は白が要の中に入り込んでいる時を狙って、甘いお菓子で餌付けしている。

「ありがとう!　瑠璃子!」

などと屈託のない笑顔で白に礼を言われる度に、酷く嬉しそうだ。

要にある亡き夫の面影が、いつもよりも増すからだとか。きっと先代当主は朗らかな方だったのだろう。

「要さんは甘いものがあまり好きではないのだけれど、中にある人格が変わると味覚も変わるのねえ」

などと、不思議そうに笑っている。相変わらず心の広いご婦人である。

そんな瑠璃子の力強い協力も得ながら、白の人間社会適応計画はさらに進み。

どこに出しても恥ずかしくないと瑠璃子に太鼓判を貰ってから、満を持して二人と一柱は旅に出た。

シュッシュッと定間隔に蒸気が排出される、腹に響く音がする。

「わー！」

八重子と要に入った白は窓に張り付いて歓声を上げた。なんせ生まれて初めて汽車に乗ったのである。

もちろん、要は初めてではなく、これまでも数え切れないほど乗っているのだが、初めて乗った時は、確かにこっそりとはしゃいだことを思い出し、体の中で笑う。

「速いねえ」

「凄いわねえ」

物凄い勢いで流れていく風景を口を開けっぱなしで見つめながら、八重子と白は、顔を見合わせて笑う。

『……だから私の体で、間抜けな面をするなと言っているだろう』

そんな要の説教も、今日は柔らかめだ。きっとそれは、彼自身も楽しんでいるからで。

まずはかつての日本の中心。京都へ。八重子と白の起源《ルーツ》があるはずの場所。

そして二人と一柱は、意気揚々と遅い新婚旅行へと向かったのだった。

第五章　大地の怒り

——警鐘が、鳴り響く。なにかが、来る。


遠い昔のことを思い出す。おそらくあの時と、同じだ。

大地が揺れて、老若男女、貧富、身分に関係なく、多くの人間が死んだ。

あの頃の自分は、それらをただ傍観していた。本来神とは、そういうものだ。

ただ、嫌だな、と思った。人の死体の穢《けが》れで空気が澱み、大地に血が流れることが。

けれどそれだけだった。目の前の惨劇を淡々と見つめるだけ。

どうせ人間など、多少の差はあれど、あっという間に死んでしまうものなのだから。

——そう、思っていたのに。

(うん。やっぱり僕は、八重子が死ぬのは嫌だな)

要の体を借りて、触れた彼女の温もりを思い出す。柔らかな肌の下に流れる血潮《ちしお》の音。健気に鼓動を打ち続ける心臓。そして鈴の音のような、心地良い笑い声。

肉体を得るのは、白にとって途方もない経験だった。

彼女を構成する全てが愛おしい。こんなところで、死なせるわけにはいかない。

(要が悲しむのも、嫌だしね)

なんせ彼は、八重子より先に自分が死ぬであろうことを、頭から疑っていないのだ。

きっと、八重子がいなくなってしまったら、耐え切れずに後を追って死んでしまう。

特定の人間を、特別に思う。それは本来神として、あってはならぬことなのだろう。


——だが、白は幸せだった。


この世に発生してから今に至るまでの、気の遠くなるような時間の中で。間違いなく一番に幸せだった。

彼女を助けることができるのは、ここにいる自分だけだ。


だから。——きっと、今なのだろう。

◇◇◇

「まあ！　なんて可愛いの……！」

郁子の腕の中にいる赤ん坊の姿に、八重子は西院家の洋館の一室で歓声を上げた。

するとと赤ん坊はびくっと体を緊張させた後、わあわあと元気に泣き出した。その声すら、罪深いほどに可愛い。

「よしよし、どうしたの？　春《はる》ちゃん」

外で合唱する蝉《せみ》にも負けぬ声量の我が子に、郁子が優しい声で話しかける。その慈愛に満ちた目に、八重子は何やら胸が締め付けられる。

今年の春、親友の郁子の元に、めでたく娘が生まれた。名前はそのまま春子《はるこ》と名付けられた。

可愛らしい名前ではあるが、彼女の夫の名付け能力は、八重子に近しい気がする。

それにしても、あの峻烈《しゅんれつ》だった郁子が、子供を慈しむ母親の顔をしていることが、何やら感慨深い。

春子は郁子にとっては初子《うい ご》だが、彼女の夫には妾との間に既に二人の娘がいるため、扱いとしては高峰家の三女ということになる。

産後五ヶ月が過ぎて、体調が落ち着き、娘の首もしっかり据わったからと、わざわざ郁子が春子を連れて会いに来てくれたのだ。

なぜかしっかりと、要が仕事で不在にしている時間を見計らって。

結婚当初から、不思議と要と郁子は相性が悪いらしい。たまに会うと毎回八重子を挟んで、舌戦を繰り広げている。

「今日は侯爵閣下だけではなく、瑠璃子様もいらっしゃらないのね」

「なんでも今回の要様の商談相手の奥様が、瑠璃子様のご友人らしくて。一緒にお出かけに」

二人で話していると、あやしてもらえないことが不満なのか、郁子の娘が顔を真っ赤に染めて、訴えるようにさらに大きな声で泣き始めた。

「あらあら。慣れない環境にびっくりしちゃったのかしら。やっぱり私が高峰家へ伺えば良かったわ。夏も終わりとはいえ、まだまだ暑いし」

「いいのよ。少しお外に出たかったの。ずうっと高峰の屋敷に閉じ込められていて、気が滅入っていたのよ。侯爵家にお呼ばれと言えば、流石にうちの人も否とは言えないもの。いい口実にさせてもらったわ」

確かに外出好きな郁子が、産後とはいえずっと家の中に閉じこもっていなければならないのは、さぞかし辛かったことだろう。

「あの人がやたらと心配して、なかなか床上げさせてもらえなかったのよ。んもう、大袈裟《おおげさ》なんだから」

相変わらず高峰伯爵は、郁子のその素晴らしい手管により、彼女に夢中であるらしい。

溺愛している郁子が、その小柄な体で子を産んだのだ。きっと高峰伯爵は気が気ではなかったのだろう。

しかも生まれてきた娘がまた、郁子そっくりの愛らしい女の子であったので、彼は大興奮だったらしい。

しばらくわあわあと泣き叫んでいた春子が、突然ピタリと泣き止んだ。そして、その紅葉《もみじ》のような小さな手を、何もない空間に伸ばし、潤んだ目を細めてけらけらと笑った。

「あら？　どうしたの。突然ご機嫌になったわね」

（シロちゃん……何かしたわね……？）

もちろん何も見えないが、八重子は確信した。

赤ん坊は、常世《とこよ》と幽世の間にあって、時折人ならざるものが見えるという。きっと白なりに春子をあやそうとしたのだろう。そういえば、彼は人間が成長するその経過を見ることが大好きだと言っていた。

久しぶりに見る人間の赤ちゃんに、きっと彼もまた大興奮してしまったのだろう。

赤ちゃんの可愛らしい笑い声は、確かに心が浄化される気がする。八重子はうっとりとその笑い声を聞いていた。

「……それにしても、生まれたのが女の子で良かったわ。男の子だったら、とても面倒なことになっていたもの」

すでに郁子の夫の高峰伯爵は、妾との間に生まれた長男を、後継として教育していた。

もちろんその長男は戸籍上、郁子の息子ということになっているため、問題はない。

だが非嫡子であっても嫡子同等の扱いを受けられるなど、不貞に厳しい基督《キリスト》教徒の多い西洋では、考えられないことらしい。

欧化を推進している以上、日本においてもいずれは明確に嫡子と非嫡子で分けられる時代が来るのかもしれない。

「優秀だし、気立ても良い子なのよ。たいして歳の変わらない私のことも、ちゃんと母親として立ててくれる。それでもきっと、男の子が生まれたら、私の実家が黙っていなかったでしょうね……」

血の繋がっていない息子を、蔑《さげす》むことも、疎《うと》むこともなく、正しく評価している郁子は、やはり潔くて非常に格好が良いと八重子は思う。

「そういえば八重子様は、最近もどちらかへご旅行へ行かれたの？」

西院侯爵夫妻の旅行好きは社交界でも有名な話であり、もちろん郁子も知っている。

二人は毎月のように、どこかしらへ旅行に行っているのだ。

「先月は広島《ひろしま》の方へ。要様と厳島《いつくしま》神社を参拝してきたのよ」

「まあ！　羨ましいわ！　私も一度見てみたいのよねえ」

郁子は目を輝かせた。時代が変わり、いくらか自由になっては来ているものの、女性だけでそこまでの遠出をするのは、なかなかに難しいものだ。

八重子とて要が同行してくれるからこそ、こうして日本中を旅することができるのだ。

「圧巻だったわ。干潮と満潮で全く景色が違うの。海に浮かぶ大きな朱色の鳥居《とりい》が本当に美しくて素晴らしかったし、長く続く回廊も、どこまで続くのかしらってわくわくしたわ。まさに神域って感じで――」

その風景に感動して、凄いね、と白と一緒にはしゃいで、そして。

『清浄な空気を感じるし、悪い霊もいない。確かに間違いなく神域なんだが、白みたいに人懐っこい神は、やっぱりいないみたいだな』

その時の要の言葉を思い出し、八重子の心は沈んだ。

それが顔に出てしまっていたのだろう。郁子が僅かに眉を上げて、口を開いた。

「……でもなんだか八重子様の旅行先、最近神社とか仏閣とかばかりね」

「そうかしら？」

とぼけてみせるが、実は郁子の言う通りだ。ちなみにそれは今に始まったことではない。

現状を打開する方法を求めて、白以外の神に会えないかと、八重子と要はあえて古くから神域と呼ばれるような場所ばかりを選んで、旅行しているのである。

もし、白よりも強大な神を見つけることができたら、このどうしようもない二人と一柱の膠着《こうちゃく》状態を、何とかできるかもしれないという期待をして。

そしてこの一年半で色々な場所へ行ったけれど、結局白のように、自ら人間に関わろうとする神と出会うことはなかった。

（神様って、なかなか見つからないものなのね……）

やはり白が、規格外に人懐っこい神だった、ということなのだろう。

努力が報われなかったことは、切ない。

まあ、神社仏閣は観光地になっていることが多く、付随する温泉や現地の特産品を使った美味しい食事やらは、もちろん二人と一柱でしっかりと堪能して楽しんできたため、全てが無駄だったというわけではないのだが。

しかも、前回の旅では要が密かに手を回して旅館を貸し切り、なぜか二人と一柱で露天風呂に入るという恐ろしい状況になり、湯の中で散々体を弄ばれたりしたけれども。

「もしかして、子宝祈願のため……なのかしら？」

あまりにも想定外な郁子の言葉に、先月の旅行を思い出して遠い目をしていた八重子は、驚いて目を見開く。

そんなことを、全く考えたことがなかった。というか、そもそも子作り自体をしていないのに、祈願してどうするのか。

その前段階に関しては、誠に遺憾ながら要とも白ともあれやこれやといたしてしまっているわけだが、八重子は誰が何と言おうと、未だ処女《おとめ》のままであった。

驚いた表情の八重子に、何を勘違いしたらしい郁子は眉根を顰《ひそ》め、悲しそうな顔をした。

「八重子様、西院家に嫁いでもうすぐ二年でしょう？　それなのに未だに懐妊の兆《きざ》しがないことで、色々とくだらないことを裏で言われているみたいだったから……」

しつこいようだが、八重子は正真正銘処女である。よってそもそも子供などできるわけがない。

だがどうやら社交の裏側で、こっそり子を孕《はら》めぬ女だと蔑まれていたらしい。

確かに嫁いで二年目というのは、そろそろ悪意を持って、そういったことを囁かれる時期なのだろう。もしかしたら実家の両親も、そう思って心配しているかもしれない。

――――そう、二年。もうすぐ二年が経ってしまう。

結局何の解決策も浮かばないまま、八重子は十九歳になっていた。もう、時限が目前に迫っている。

「仲が良い夫婦には子ができないって本当なのだな、とか主人が迷信をほざくから、思わず『では子がいる私たち夫婦は実は仲が悪いってことなんですのねぇ』って悲しげに言ってやったら慌てていたわ。本当に馬鹿な男で嫌になっちゃう」

郁子の目が何やら据わっている。相当夫の高峰伯爵の言葉に対し、怒っているらしい。

「悩みがあったら、相談してちょうだいね。話を聞くくらいならいくらでもできるから。人に話すだけでも随分と心が楽になるでしょう?」

親友の心配が完全に明後日《あさって》の方向なのだが、その気持ちはとても嬉しかった。

要とは仲が悪いが、郁子はいつも八重子に優しくしてくれる。

(子供……かあ)

だがその前に、二人と一柱の命の危機である。

よって八重子にそんなことを考えている余裕は、まるでない。

だが、姑である瑠璃子の葛藤をふと思い出す。

もし近く約束通りに、要に抱いてもらって妊娠したとして、その子が男の子だった場合、要と同じ能力を持って生まれる可能性が高いということで。

(要様は、西院家など断絶してしまえばいいとおっしゃっていた……)

つまり、要は自分の子供を求めてはいない。ならば彼の妻である以上、八重子もまた自分の子供を抱く機会はないのだろう。

そして白の花嫁になったとしたら、そもそもの肉体を失うわけで。

自分で決めたことであり、もちろん後悔をしているわけではないのだが、確かに失うものはあったのだ。

郁子の娘を見て、まざまざとそれを思い知らされてしまった。

女は結婚し、子供を産むべきものという小さな頃から刷り込まれた常識で、妙な罪悪感が八重子の胸を焼く。

(でもそれよりも、私には守りたいものがあるんだもの)

八重子はそう自分に言い聞かせた。自分の選んだ道は、間違ってはいない。

しばらく歓談した後、赤子連れの郁子は、昼食も断り帰っていった。

どうやら要が帰ってくる前に撤収したかったようだ。なぜそんなに二人の仲が悪いのか、八重子にはいまいちわからない。

一人、私室でぼうっと過ごす八重子は、思わず虚空に向かって話しかけてしまう。

「……ねえ、シロちゃん」

気が付けば、すでに残された期間は、新年までのたった四ヶ月になっていた。

一生懸命全国を駆けずり回り、他に手立てを考えてはみたけれど。

結局打開策は何も見つからないままで。

「私、要様のことが大好き。シロちゃんのことも、大好き」

——このまま二人と一柱で、ずっと一緒にいられたらいいのにねえ……。

要のいない今、八重子には白と意思の疎通をする術《すべ》はない。

だが不思議と、そこに間違いなく彼がいることを知っていた。そして、彼が八重子の言葉を理解してくれているであろうことも。

八重子は現状が、どうしようもなく幸せだった。ずっとずっと、このままでいたかった。

(だめ。後ろ向きになるのは、まだ早いわ)

せめて要が帰ってくる時には、笑顔で彼を迎えられるように、心を切り替えなければ。

それからなんとなく部屋に置かれた大きな置き時計を見やり、ああ、もう昼になるのか、などと思った次の瞬間。

――――キィンと、まるで警鐘のような、不快な耳鳴りがした。そして。

大正十二年九月一日。十一時五十八分三十二秒。

すさまじい揺れが、八重子を襲った。

◇◇◇

要はその日、持ちかけられた投資話を聞くため、藤宮伯爵邸を訪れていた。

すると藤宮伯爵夫人と女学校の同級生だったという、母の瑠璃子もついてきた。

彼女は別室で、伯爵夫人とお茶をしているようだ。

その投資話とは、今後諸外国との貿易がさらに盛んになると見込んだ藤宮伯爵が、大きな輸送船を建造するというので造船費用を何割か出資し、得た利益をその費用割合で分配する、というものだった。

内容を聞く分には、そう悪い話ではなさそうだと要は思った。

自分がいなくなった後、遺される八重子と瑠璃子が不自由しないようにと、ここ最近、要は西院家の財産の管理運用に取り組んでいる。

母はあれで案外しっかりしているから大丈夫だとして、八重子は根っからのお人好しのため、うっかり騙されてしまうのではないかと心配をしているのだ。

実際に「霊や神が見える」などという荒唐無稽な要の話をあっさりと信じて、妻になってしまうような女なのだから。

そのため将来に亘り定期的《コンスタント》に西院家に収益が入るようにしておきたいと思ったのだ。

大体の話を終え、契約はまた後日にということとなり、供されたお茶を飲み干して、そろそろ帰ろうかと思っていたところで、藤宮伯爵がにやりといやらしい笑みを浮かべた。

「そういえば、奥方は恙無《つつがな》くお過ごしでいらっしゃいますか？」

「……ええ。それが何か？」

嫌な予感がして、素っ気なく返事を返してやるが、伯爵はにやにやと笑ったまま、話を続ける。

「失礼ですがお子様のご予定はまだ？」

「……これればかりは、神頼みになりますね」

神頼みも何も、できるわけがない。そもそも要は八重子の胎《はら》に、種を注いだことがないのだから。

もちろん要とてそうしたい気持ちは山々なのだが、それは人生最後のご褒美として、とってある。

それはそれとして、伯爵が一体何を言いたいのか察し、要は内心苛立《いらだ》つ。

「さて、要様が奥様をお迎えになられて二年近くが経つわけですが、未だ奥方にご懐妊の兆候がお見受けできないようで」

どうやら伯爵は、八重子のことを子を孕めぬ女だと貶めているらしい。怒りが顔に出ないよう、要は爪を立てて拳を握りしめる。

「もちろんご夫婦仲がよろしいことは存じ上げておりますとも。ですが、それとこれとは別問題。そろそろ真面目に妾をお抱えになることもお考えになられるべきかと。後継は、なにも奥方の胎で育てる必要はございませんからね」

そういえば、かつて要の同期生だった彼の息子も、確か妾の子だった。

遊び呆けた挙句《あげく》多くの恨みを買い、怨霊に取り憑かれ、その怨霊を要に押し付けた彼は、白によってそれらを突っ返された後に行方不明となり、全身が膨れ上がった溺死体となって、川で発見されたという。

まあ、因果応報《いんがおうほう》なのだろう。藤宮伯爵は、これ幸いと出来の悪い息子の存在をなかったことにしているようだが。

だが伯爵もまた息子と同じように、片手の指では足らぬ数の妾を囲っているらしいと聞いた。女好きの血は争えないようだ。

どこそこの女が美しかったとか、自分の遠縁の娘がそれなりだからどうかとか、要に妾を勧める発言を繰り返す。どうやら自分の息のかかった女を、要の側に置きたいのだろう。

いよいよ堪忍袋の緒が切れた要は、全く目が笑っていない微笑みを浮かべながら、口を開いた。

「――――さて。私が今あなたにお伝えしたいことは、たった二つだ」

その声の冷たさに、藤宮伯爵は小さく体を震わせて押し黙った。

「一つ目は、おっしゃる通り私は妻にベタ惚れです。つまりほかの女は一切必要がない」

実際要は八重子以外の女にまるで興味がなかった。よって、妾を囲えと言われても迷惑なだけだ。

「そして二つ目は、私の仕事仲間《ビジネスパートナー》は、別にあなたである必要はない、ということだ」

一気に伯爵の顔色が変わった。要の逆鱗《げきりん》に触れたことに、今更ながら気付いたのだろう。

「お、お待ちください……！」

要はそのまま挨拶もせずに踵《きびす》を返すと、引き留める伯爵の悲痛な声に一顧《いっこ》だにせず、部屋を出る。

この投資話は無しだ。ああ、くだらないことに時間を使ってしまった。腹立たしいことこの上ない。

とっとと八重子の元に帰りたい。今から急いで帰れば、愛しい妻と昼食を共にできそうだ。

藤宮伯爵夫人とお茶をしている母を無理やり連れだすのは流石にしのびないので、自分が帰宅したのちに再度車を向かわせればいいだろう。

要がそんなことを考えながら、足音高く廊下を歩いていると、周囲の人ならぬものたちが、突然一斉に悲鳴のような声を上げ始めた。

（くっ……！　なんだこの声は……！）

まるでけたたましい警報《サイレン》のような音だ。その音を苦痛に感じた要はその場から走り出し、そして。

――屋敷の外へと飛び出した瞬間、足裏の地面が、激しく波打った。

立っていることができず、転倒し、そのまま地面へと体を打ち付ける。

重いものを転がすような低い地鳴り、玄関の側の木がしなって枝を打ち付けあう音、亡者らの悲鳴、ミシミシと何かが折れるような音、音、音、音――。

揺れは長く続き、要は頭を守るようにして、地面にうずくまっていた。

永遠にも感じる時間の中、ようやく揺れがおさまり、要は恐る恐る頭を上げ、周囲を見回す。

（一体何があった……⁉）

振り返れば、たった今飛び出した藤宮伯爵邸は、その半分が倒壊していた。

つい先ほどまで要が伯爵と商談していた部屋のあたりに、ぼうっと藤宮伯爵が立っている。

既に霊体だ。おそらくは建物の下敷きになったのだろう。

そこかしこから、助けを求める呻き声が聞こえる。

あまりにも突然の事態に、要はしばらく何が起きたのかわからず、茫然自失《ぼうぜんじしつ》していた。

大変なことになってしまった、ということだけは、なんとかわかっていた。

ああ、早く家に帰らなければ。

半ば現実逃避のようにそう考えたところで、思い至る。

――――だが、自分には同行者がいなかったか？

「は、母上……？」

思い出した瞬間、要の全身から、ざあっと血の気が引いた。母はどこにいる。どこでお茶を飲んでいた。

「母上！　どこです！　母上……！」

要は倒壊した屋敷に近づき、必死で母に呼びかける。その横を、先ほどまで生きていた伯爵の亡霊が不思議そうな顔をして通り過ぎた。まだ自分の死を理解できていないのだろう。

だが、霊体になった母の姿はない。おそらくは、まだどこかで生きているはずだ。

「母上……！」

喉が裂けそうなほどの声で母を呼ぶと、倒壊した屋敷の屋根の上に、ぼうっと何かが浮かび上がった。おそらくは現世《うつしよ》への執着の少ない、力の弱い霊だろう。

要の目をもってしても、随分とぼやけている。母かと思い、要の全身から冷たい汗が吹き出した。

『……要』

そのぼんやりとした霊が、小さく要の名を呼んだ。――――男性の声だ。

（……なんだ？）

母ではないことに心底安堵しつつも、要はその霊へ走り寄って目を凝らす。

自分によく似た、けれども自分の顔を、随分と優しくしたような――――。

そしてそれが誰かに気付き、要は息を呑む。

『……どうか、瑠璃子を助けてやってくれ。まだこっちに来るには早いからね』

そう言って、そのぼやけた霊はにっこりと笑うと、消えてしまった。

（父上……）

時折母にまとわりついていた、靄のようなもの。弱く、明確な姿も取れないような霊。

今更ながらそれが、亡くなった父であったことに気付く。ずっと、彼は母の側にいたのだ。

短い命ながらも彼が幸せに、そして満たされて生きた証であったように感じ、要の目頭が熱くなった。

そうだ、人生とは、長さだけが重要ではない。

要は父が立っていた場所の瓦礫《がれき》を必死に掘り返す。すぐに手が傷つき血まみれになったが、構わず必死に手を動かす。

しばらく掘り続けると、小さな女性の呻き声が聞こえた。やはり母は生きていたようだ。

安堵のあまり、要の両目から涙がこぼれ落ちる。

「母上……！　今助けますから！　しっかりしてください！」

必死に声を掛けながら、さらに瓦礫を取り除いていく。

やがて、運良く倒壊した柱と柱の隙間に入り込んでいた母を見つける。

「母上……！」

無事だった藤宮家の使用人たちや、屋敷の外で車に乗って待機していたため、やはり無事であった西院家の運転士にも手伝ってもらい、なんとか母を瓦礫の下から引き摺り出した。

母は意識を失い、右足が折れて曲がってしまっていたが、それ以外には大きな怪我はなく、命に別状はないように見えた。

(良かった……！)

記憶にないくらいに久しぶりに、要は母の体を抱き上げる。そしてその細く小さな体に驚く。

知らぬ間に、随分と母は小さくなってしまっていた。

(……本当に、良かった)

要は生まれて初めて、自分の能力に感謝をする。ずっと、こんな力、必要ないと思っていた。

だが、この目がなければ、今ここで母を助け出すことはできなかっただろう。

それだけでもこの能力に、意味があったのだと思えた。

そして瑠璃子が目を覚ましたら、父のことを教えてやろうと思う。母が今でも父のことを深く想っていることを、息子はよく知っていた。

母はまるで自分の片想いであるかのように、父との思い出を口にしていたが、成仏もせずに付き纏っているあたり、父も言葉に出さないだけで母のことを深く愛していたようだ。

きっと聞けば瑠璃子は喜ぶだろう。いや、もしかしたらむしろ怒るかもしれない。何故自分の前には姿を現さないのかと。

(……家に帰らなければ)

八重子はどうしているだろうか。一気に不安に駆られる。少しでも早く彼女の無事を確認したい。

藤宮邸のことは藤宮家の使用人たちに任せ、母を連れて外へと車で出てみれば、そこは阿鼻叫喚《あびきょうかん》、地獄絵図のような有様だった。

木々は倒れ、建物は倒壊し、道には家から逃げ出してきたのだろう人々がうずくまっている。

焦げたような臭いが漂っている。どこかから火の手が上がっているのか。

一刻も早く母を医師に診せたいが、おそらくそれ以上に重症であろう人々が、そこら中に転がっていた。

そもそも病院自体も、機能していない可能性が高い。だったら家まで帰って、西院家お抱えの医師に診せる方が早く、確実だろう。

「要様。これ以上先に進むことは無理そうです」

そしてのろのろと進んでいた車が完全に止まり、運転士が申し訳なさそうに報告する。確かに道には瓦礫が散乱しており、とてもではないがこれ以上車で走行することは難しそうだ。

仕方がないと要は車を降り、そこに車と運転士を残して、母を背負って歩き出した。

西院侯爵邸は、ここから徒歩で二時間ほどの場所だ。道も塞がっているところが多いであろうし、母を背負いながらでは、おそらくもっと時間がかかることだろう。

「……要さん……？」

しばらくすると、母が要の背中で目を覚ました。そして、辛そうに呻く。

「足が痛いわ……」

「……どうやら折れているようです。動かさないでくださいね」

「何が、あったの？」

足の痛みで真っ青な顔をした母が、心配そうに聞いてくる。

「大きな地震があったんです。母上は建物の下敷きになられたんですよ」

「……まあ、そうなの。よく生きているわね、私」

まだ状況がわかっていないのだろう。母の呑気な言葉に、要は少々笑ってしまった。

「父上が助けてくださったんですよ。どうやら亡くなった後もずっと母上の側をうろうろしていらっしゃったようで。母上が埋まっている場所を教えてくださいました」

「まあ……」

瑠璃子は驚いたようにそう呟くと、要の背中にしがみついて、その顔を彼の肩に擦り付けた。

「……そばにいるのなら、私の夢枕にでも立ってくだされればいいのに。相変わらず気の利かない方ね」

やはり要の予想通り母は腹を立てたようだ。呆れたような口調でぶつぶつと文句を言っていたが、しばらくしてその体が小さく震え、要は肩に冷たい雫を感じる。

息子の前で涙を見せることを、良しとしない人だ。だから要もそれに気付かないふりをする。

「……要さん。重くない？　大丈夫？」

「休み休み行きますから、大丈夫です」

「まあまあ！　あのもやしっ子だった要さんが随分と立派になって……！」

「………母上。落としますよ」

要は八重子と暮らし始めてから、一気に健康になり、体にもしっかりと筋肉がついた。

「何もかも、八重子さんのおかげねえ」

瑠璃子は小さくくすりと笑い、それから心配そうにぽつりと呟いた。

「八重子さんは大丈夫かしら……」

「とりあえず家に帰ってみましょう。白もついていますし、八重子ならきっと、大丈夫ですよ」

（八重子の側には神である白がいる。絶対に八重子を守ってくれているはずだ）

そんなことを自分に言い聞かせながら、周囲を見渡せば、そこら中に、数え切れないほどの怪我人と遺体が転がっていた。それを見てしまったのだろう瑠璃子が、思わず嘔吐《えず》く。

要は普段、死者たちの凄惨な姿を見ているため耐性があるが、見慣れていない母には刺激が強すぎるのだろう。

日本家屋は比較的その原型をとどめているが、石造や煉瓦造《れんがづく》りの洋館は、ほとんどが倒壊していた。

（酷いな……洋館は地震に弱いのか）

元々あれらは、日本とは違い、ほとんど地震が発生しない国の建物だ。つまり、本来日本の風土には合わないものなのだろう。

八重子はおそらく、いつも生活している西院家の洋館の方にいただろう。

煉瓦造りのその家が倒壊し、下敷きになってしまえば、助かる可能性は限りなく低い。

だが、それでも要は白を信じた。自分と同じか、それ以上に八重子を愛している、あの神を。

(頼む白……！　八重子を守ってやってくれ……！)

祈るような気持ちだった。実際に白は神なのだから、それは正しい行動なのかもしれない。

「八重子さんは、本当に良いお嫁さんよね……」

痛みで朦朧《もうろう》とする意識を必死に繋ぎ止めるためか、母は喋り続ける。

「八重子さんがうちに来てくれてから、本当にびっくりするくらい、家の中が明るくなったわ。あなたも健康になって、私、毎日がとてもとても楽しいの」

瑠璃子は、八重子をまるで実の娘のように可愛がり、八重子もまた時折要が嫉妬してしまうくらいに瑠璃子に懐いていた。

「それなのに藤宮伯爵夫人ったら、要さんに妾をあてがうべきだとか言うのよ」

母の声が不快げに低くなる。藤宮伯爵夫人も妾の件について瑠璃子に進言するように、夫の伯爵から指示されていたのだろう。くだらないことこの上ない。

「後継を作るのは華族としての義務だって。妻に子ができないのなら、妾に生ませるべきだって。……ご自身がずっと伯爵の女癖の悪さに苦しんでおられたくせに、本当に馬鹿馬鹿しいわ。頭にきちゃって私、気分が悪いから帰ると言って彼女の部屋を出てきてしまったの」

奇《く》しくも、瑠璃子と要は同じ状況であったらしい。行動までもが似たもの親子である。

だがその行動のおかげで、やはり彼女も助かったと言える。

「あの方もね、女学生時代はもっと溌剌《はつらつ》としていたのよ。……きっと、幸せな結婚生活ではなかったのでしょうね」

藤宮伯爵夫人は瑠璃子と華族女学校の仲の良い同級生であったのだという。だが、二人の道は、それぞれ在学中にした結婚で、随分と隔てられてしまった。

藤宮伯爵には正妻である夫人との間に、娘しか生まれなかった。だからこそ夫人は、伯爵が妾を囲うことを受け入れさせられ、それに対し何も言えなかったのだろう。

娘しか産めなかった自分が悪いのだと、そう周囲に思い込まされ、自分自身を責めていたのだ。

自分が受けた理不尽を、そのまま他人にも押し付ける人間は多い。自分が我慢したのだから、他人も当然我慢すべきだという、全く進歩のない愚かな思考。

ちなみに母の瑠璃子にはそういった傾向が一切ない。そんなところを、要は尊敬していた。

「大体妾なんて囲って、そのせいで要さんが八重子さんに捨てられたらどうするのよ。後継なんかよりそちらの方がずっと問題だわ……！」

どうやら捨てられるのは夫である要の方らしい。確かに八重子なら不誠実な男などさくっと捨ててしまいそうだ。

あんまりな母の言い草に、だが要は笑ってしまった。

「――あなたたちが出した結論を、私は尊重するわ」

どうやら瑠璃子は、この能力を後世に引き継がせないため、要と八重子があえて子供を作らない選択をしたのだと思っているようだ。

「私はあなたたちが幸せならそれでいいのよ。西院家なんて、別にどうだっていいの」

「……ありがとう、ございます」

やはり瑠璃子はただ、要の幸せだけを願っていたのだ。

たとえ短くとも、要に、その人生を誰かと手を取り合って生きてほしかっただけなのだ。

最愛の息子に、たった一度しかない人生を、つまらなそうに気怠げに終えてほしくなかっただけなのだ。

この人の息子に生まれて良かったと、要は今、心の底から思う。

「……ただ母上。言っておきますが、足を折っただけですからね。命に別状はございませんので、そんな遺言めいたことを言わなくても大丈夫ですよ」

「だってすごくすごく痛いのよ？　こんな痛い思いをしたの、あなたを産んで以来だわ……！」

なんだかんだと元気な母に、要も勇気付けられる。

早く、八重子のところへ帰ろう。だって、家族は一緒にいるべきだ。

陽が照りつける中、要は汗だくになりながらも、必死に足を動かした。

◇◇◇

「……うぅ」

小さく呻いて、八重子は目を覚ます。どうやら少しの間、意識を失っていたようだ。

大地が、ひっくり返ったのかと思うほどの大きな揺れに襲われ、ふらつき、壁に体を打ちつけてしまったらしい。

打ち付けた背中が痛くて、浅い呼吸を繰り返す。それから、落ち着いたのを見計らって、床に転がっていた体を、ゆっくりと起き上がらせた。

そして、目眩《めまい》を堪えながら周囲を見渡す。

（……あら。おかしいわ）

起き上がってすぐに、酷い違和感を感じる。先ほどあれほどの揺れがあったのに、部屋が何も変わっていないのだ。

柱時計は倒れていないし、本棚も倒れていない。さらに言えば、テーブルに置かれていた洋食器さえも、先ほどと全く同じ位置にある。

――――そんなことは、有り得ない。

「シロちゃん……？」

恐る恐る、自らに憑いている神に、声を掛ける。もちろん返事はない。だが八重子は確信していた。

おそらくこれは、白の仕業だろう。彼は今、たった一柱でこの洋館を支えているのだ。

そう思い至った瞬間、全身から血の気が引く。彼は一体どれだけの力を使っているのか。

以前、もう自分にはあまり力は残されていないと、彼はそう言ってはいなかったか。

（早く、早くここから出なくては）

頭の中で警鐘が鳴る。白がこの家を支えている間に、彼の力が保《も》つうちに、ここから逃げなければ。

「みんな！　早くこの家の外に出なさい！　潰されるわよ‼」

大声で叫びながら、八重子は家の外へ向かって走り出した。その声を聞き、狐につままれたような顔をしていた女中たちが我に返り、慌てて外へと向かう。

そして八重子と女中たちが全員外へと脱出した瞬間、力尽きたように、瀟洒《しょうしゃ》な煉瓦造りの洋館が大きな地響きを立てながら、一気に瓦解《がかい》した。やはり、白が支えてくれていたのだ。

（た、助かった……）

八重子はへなへなと地面に座り込みながら、呆然と倒壊した自らの家を見つめる。

白がいなかったら、間違いなく自分はこの家に潰されて、死んでいただろう。

少し離れた場所にある、平屋建ての日本家屋である本邸の方は、やはり一部倒壊しているものの、それほどの被害はなさそうだ。

「要様……瑠璃子様……」

外に行っている彼は、そして同行している瑠璃子は大丈夫だろうか。

「シロちゃん……」

そして、彼は大丈夫だろうか。明らかに力を使いすぎている気がする。八重子の心に一気に不安が募る。

こんなにも、彼の姿が見えないことを、声が聞こえないことを、不便に思ったことはなかった。

だが今は、すべきことをしなければ。この西院家の、女主人として。

八重子は気合を入れて、必死に立ち上がる。

「怪我人はいないの？　被害状況は？　すぐに確認してちょうだい！」

八重子の声に、使用人たちがはっと我に返り動き出す。

確認すれば、使用人の中に、倒壊した部分の下敷きになった者が数人いた。

皆で瓦礫を除き助け出したところ、重軽傷を負いつつも、幸いなことに命を落とした者はいなかった。

比較的無事な部屋に怪我人たちを集め、やはり無事だった西院家のお抱えの医師に診てもらう。

そして八重子は、西院家の屋敷内に残された物資を確認する。

おそらくは、この地震で流通も壊滅しているだろう。しばらく消耗品や食料が手に入らなくなる可能性が高い。

「食料の備蓄はどれくらいあるの？　何日くらいなら保ちそうかしら？」

「米と小麦、大豆など、常温保存が可能なものは、全員で食べても一ヶ月分くらいは備蓄がございます。ですが、野菜や魚などの生鮮食品に関しましてはほとんど残っておりません」

「ありがとう、助かるわ」

かつて実家でも頼りない両親に代わり家政を取り仕切っていた八重子は、家の状況を的確に把握、管理することに慣れていた。

（それにしても、屋敷の外は、一体どうなっているのかしら……）

恐ろしくて、もう考えたくもない。

八重子の実家はどうなっているだろうか。西院家からの援助により、ようやくそこら中にあった雨漏りを直すことができ、伸び伸びと育った庭園の植木を整えて、一端《いっぱし》の華族の屋敷のような状況になったあの家は。

一度考えてしまうと、最悪の状況が次々と思い浮かび、ぐるぐると頭の中を回る。

（お願い、早く無事で帰ってきて……要様……瑠璃子様……）

それまでこの家を、八重子と白で守らなければならない。酷く心細かった。

しばらくすると風上の方向の空が、夕焼けのように赤く染まり始めた。その赤い空に八重子は目を凝らす。

（火事が起きているの……？）

地震が起きたのは、正午になる僅か前だった。つまりは昼食を作るため、多くの場所で最も火が使用される時間帯。

――――どうしようもなく、間が悪かった。

火は瞬く間に木造住宅が密集して建つ、東京市十五区に広がっていった。

のちに『関東大震災』と名付けられたこの地震の、犠牲者の九割が、その火災による焼死であった。

「避難をした方が良いのでしょうか？」

使用人の一人が、八重子と同じように空を見上げ、不安そうに聞いてくる。

「……おそらく燃えているのは、民家が密集して建っている地域でしょう。この屋敷は周囲を広い庭園に囲まれているから、多分そう簡単に火は燃え移らないと思うの」

そして何より、ここには白《神》がいる。下手に動くべきではないと、八重子の直感が告げていた。

それでも、不安でたまらない。この屋敷にいる数十人の命の責任が、八重子の両肩にのしかかっている。

頭をめぐらせ、体を動かし、必死に今できることをしなければ。

しばらくして八重子の元へ、数人の憲兵が、多くの避難者を連れてやってきた。

彼らは華族である八重子に恐縮しながらも、西院家の敷地を、周辺の住民の避難所に利用させてほしいと言ってきたのだ。

確かに西院家の敷地は広い。大きな庭園があり、半壊しているとはいえ部屋数の多い屋敷があり、井戸もいくつか点在し、さらにはお抱えの医師もいる。避難所としては最適であろう。

だがそんなことを、八重子が勝手に許可を出していいものなのか。

憲兵の背後には、着の身着のまま逃げ出してきたと思われる、多くの人たちがおり、怯えた目でこちらを見ている。

怪我人もいる。小さな子供もいる。――見捨てることなど、できない。

(大丈夫。要様も瑠璃子様も、お優しい方だもの。もし怒られたのなら謝ればいい……！)

「わかりました。我が家を開放いたします」

八重子は覚悟を決めて、その要請を受け入れた。

使用人たちにも協力してもらい、避難してきた人々を敷地内に案内し、休ませる。

怪我人は一つの部屋に集め、やはり、お抱えの医師に治療に当たらせた。

体の弱かった要の専属医として、西院家で比較的のんびりと過ごしていた彼は、突然野戦《やせん》病院の様相を呈した屋敷の一角に泡を食いながらも、八重子の指示通り、必死に怪我人の治療に当たってくれる。

「先生、申し訳ありません……」

全ては八重子のわがままだ。彼もこんなことになるとは思っていなかっただろう。

八重子は深く頭を下げる。すると医師は、小さく首を横に振った。

「久しぶりに、人を助けたくて医者となった若き日のことを思い出しましたよ」

やりがいがありますね、と。そう笑って言ってくれた。

こんな時だからこそ、純然たる人の善意に、八重子は思わず泣きそうになる。

ただやはりどうしても、医療品が足りないという。それを聞いた八重子はすぐに動いた。

「利用していないリネン類を集めてちょうだい。足りなければカーテンも。細く裂いて包帯やガーゼの代わりにしましょう」

「はい……！」

女中たちに指示を出し、屋敷中から白い布を集める。これもまた、のちに怒られたら謝ればいいだろう。

そして医師に消毒や包帯の巻き方を教わり、女中たちと共に治療を手伝う。

忙しく体を動かしていれば、不安や恐怖に囚われずに済む。八重子はひたすら働き続けた。

◇◇◇

瑠璃子を背負いながら歩き続け、要がようやく自分の家の前に着いたのは、随分と陽が傾いた頃だった。

門をくぐれば、人の嘆きで澱んだ空気から一転、いつもの凛とした清浄な空気に包まれる。

白は、変わらずこの屋敷を守ってくれているようだ。

多くの見知らぬ人々が、西院家の敷地内に避難していた。確かにこの地区で、これほど広く開けた土地を持っているのは、我が西院家くらいのものだ。おそらく、国からの避難民の受け入れ要請があり、それを受けたのだろう。

それに関し、特に何も思うことはない。この緊急時だ。使えるものは全て使うべきだと要は考える。

痛みからか再度意識を失い、さらにずしりと重く感じる母を背負ったまま、普段は車で進む敷地内の道を、要は重い足を引き摺るようにひたすら歩いた。――そして。

完全に倒壊した洋館の前にたどり着いた要は、立ち竦んだ。

「……嘘だろう……?」

思わず要の口から、乾いた声が漏れた。

今日の朝まで、普通にあったはずの愛しの我が家は、見るも無惨な姿になっている。

「や、八重子……は?」

もし地震発生当時、この建物内にいたとするのなら、生存は絶望的だ。

彼女を失ったかもしれない恐怖で、要の足が震える。――自分の命よりも、大切な妻。

（探さなければ……）

吸い寄せられるように、要が瓦礫に向かって歩き出した、その時。

「…………要、様？」

震える小さな声が、背後から聞こえた。聞き慣れた、耳に優しい愛しい声。

要が恐る恐る振り返れば、そこには髪を振り乱した、最愛の妻の姿があった。

とりあえずは妻の無事な姿に、要の目から、安堵の涙が溢れる。

離れていたのはたった半日程度であったはずなのに、要には随分と長く感じた。

一瞬彼女の死すら覚悟していたのに、こうして無事に生きて、再び会えたことが何よりも嬉しい。

「八重……」

感極まった要が愛の言葉とともに妻の名前を呼ぼうとした、その瞬間。

「ッ！　いやぁぁぁ！　瑠璃子様！　瑠璃子様が！　大変……！」

要の背中でぐったりとしている瑠璃子を見て、八重子は絶叫した。

「要様、何ぼさっと突っ立ってるんですか！　早く瑠璃子様を先生のところに‼」

厳しく叱られ、要も正気に戻る。そうだった。何はともあれ、まずは傷ついた母を医師に診てもらわなければ。

再会を喜び合うのは、後だ。

二人で慌てて瑠璃子を彼女の部屋に運び、女中たちに体を清めさせて、楽な格好に着替えさせると、親愛なる大奥様の危機と聞いてすっ飛んできた医師に足を診てもらった。

彼は瑠璃子の足の形を整えて添木をし、その上から固めるように、包帯を巻いた。

「八重子さんは無事なの……⁉」

その際の痛みで目を覚ました瑠璃子は、一番最初にそう叫び、そして隣にいた八重子の無事な姿を見て、良かったと涙を流した。

瑠璃子の涙を初めて見た八重子は驚いたような表情を浮かべ、そして、そこまで大切にされていることが嬉しいと、目を潤ませながらはにかんだ。

「――――誠に残念なのですが」

そして深刻な顔をして治療をしていた医師から、瑠璃子の右足の骨は砕けており、傷が治っても前と同じように歩くのは難しいだろうと告げられた。

なんとなく、そうだろうとは思っていた。要は小さく唇を噛む。

藤宮邸の倒壊跡から瑠璃子を発見した時、彼女の足は、太い柱の下敷きになって潰れていたのだ。元通りに治るのは難しいだろう。

だが、それを聞いた八重子は、衝撃を受けその場に突っ伏し、子供のようにわんわん泣いた。

その姿に、当の本人である瑠璃子が驚き、そして、慈愛に満ちた微笑みを浮かべる。

「あらあら、そんなに泣かないの。足は残念だったけれど、命があっただけでも幸運だったのよ」

痛みに真っ青な顔をしながら、それでもなおそんなことを言ってのける母の豪胆さに、要は圧倒される。

「だって、だって瑠璃子様……！」

かつて鹿鳴館でドレスを纏い、毎夜のように舞い踊っていたという瑠璃子の、美しく軽やかなステップが大好きだったのだと、八重子はさらに泣いた。

瑠璃子にダンスを教えてもらいながら、いつか自分も彼女のように踊れたらと、そう思っていたのだと。

「八重子さん……！」

するとそれを聞いた母も、感極まって涙をこぼし、八重子をぎゅうっと抱きしめた。

「だったら一生私が瑠璃子様の足になります……！」

女性にしては高い身長に、しっかりとした骨格を持つ自分なら、瑠璃子を抱き上げて運ぶこともできる。

ずっと劣等感を感じていたこの体型が、とうとう役に立つ日が来たのだと、八重子が泣きながらそう瑠璃子に縋れば「八重子さんは本当に優しい子ね」と、瑠璃子もさらに泣いた。

こんなにも美しい嫁姑の関係を、要はこれまで見たことも聞いたこともない。

実の息子は、完全に蚊帳《かや》の外であった。

その後、鎮静剤を投与された瑠璃子が眠りについたことを確認してから、要は二人きりになれるところを探して、八重子の手を引いて夜の庭園を歩いていた。

どうしても、彼女に確認しなければならないことがあったのだ。

陽が落ちて、暗いはずの空が未だに赤く染まっている。

「……まだ、火は消えていないのか」

要の苦しげな声に、八重子も俯く。きっとあの赤色の下で、今も多くの人々がその命を落としているのだろう。

「こちらの方まで、延焼してしまうのでしょうか……」

「いや、この敷地は、白の神力で満ちているからな。この屋敷が燃えることはないと思う。多分ここは、東京市十五区で、最も安全な場所だろう」

要の言葉に、八重子は僅かに安堵の表情を浮かべる。きっと今日一日、大変な思いをしてきたのだろう。

そんな彼女に、さらに辛い事実を突きつけるのは心が痛む。だが、伝えねばならない。

要は覚悟を決めて、口を開いた。

「でも八重子……白がいないんだ」

八重子がひゅっと音を立てて、息を呑み込んだ。

「……おそらく随分と力を使ったんだろう。僅かながらも確かにここに気配があるのに、どこにもその姿が見えない」

暗い中でも、八重子の顔色が目に見えて悪くなるのがわかる。

「……シ、シロちゃんが、私を助けてくれたんです。あの洋館を、私が外に逃げ出すまでずっとずっと支えていてくれた」

八重子の声が震えている。やはり白が八重子を守ってくれたのだ。――要の、祈りの通りに。

そして、今もなおこの屋敷を守り続けている。

「こんなに大きい力を使って、大丈夫なのかなって心配していたの……」

八重子の言葉に、唇を噛み締める。

（白の奴、本当にどこに行ったんだ……？）

彼は古《いにしえ》の約定上、八重子の側から離れられないはずなのに。なぜ。

――かつて、自分が消えるべきだと、あの人懐っこくお人好しな神は言った。

まさか、本当に消えてしまったのか。要の胸が、締め付けられる。

「シロちゃん……。シロちゃん……！」

八重子が両手で顔を覆い、その場に蹲まって静かに嗚咽を漏らす。

この二年間、二人と一柱は、まるで家族のように生きてきた。

要だって、白をまるで弟のように、唯一無二の親友のように思っていたのだ。

己の体を明け渡しても、なんとも思わないほどに、信頼していた。

馬鹿みたいに善良な神様。共に在ると人間の醜さを突きつけられて、苦しいこともあったが。

白自身は、いつも人間が好きなのだと言って、笑っていた。

だから自分たちだけは、彼を利用しないと決めていたのに。——この様《ざま》だ。

人は、結局神に祈る。まるで、生まれ持った本能のように。

しゃがみ込み泣き続ける八重子を慰めようと、彼女を抱き上げようとした、その時。

「…………！」

あることに気付いた要は、突然八重子が着ていたブラウスの釦《ボタン》を次々に外し始めた。

「か、要様……？」

要の暴挙に、八重子の涙が引っ込み、愕然とした表情を浮かべる。

こんな状況下、薄暗いとはいえこんな野外で盛《サカ》っている、どうしようもない男だと思われているのかもしれないが、そんなことよりも。

「ひやぁんっ！」

やがてはだけた八重子の豊満な胸元に、要は手を突っ込む。頼むからそんな悩ましい声を上げないでほしいと思いつつ、要はそこから何かを引き摺り出した。

「…………いた」

「…………！」

要の言葉に、八重子も涙に濡れた目を見開く。

要の手には、卵から孵《かえ》ったばかりのような、小蛇がいた。

おそらく力を使いすぎて、こんな姿になってしまったのだろう。

そしてずっと、見つからないように八重子の胸元に隠れていたのだ。

——すぐにでも消えてしまいそうな、か弱い存在。

『わあ！　びっくりした！　いきなりなにをするんだ、要……！』

手のひらの触れ合った場所から、辛うじて聞こえる小さな声が要に抗議する。

『せっかく格好良く消えられると思ったのに！』

そんなことを言いながら、小さな蛇がピイピイと腹を立てている。

やはり白は、要と八重子に気付かれないうちに、こっそりとこの世界から消えるつもりだったのだ。

その言葉を聞いた瞬間、要の頭に血が上る。多分頭の中の毛細血管がいくつか切れた。

「巫山戯るな！　誰がそんなことを望んだんだ‼」

すっかり手乗りの大きさになってしまった白に、要は怒鳴りつける。

小さな白蛇は驚いて、そのごまつぶのような金色の目を見開いた。

突然己の手のひらに向かって怒鳴り散らした要に、八重子も驚いて目を見開く。

そうしている間にも、その小さな体から、神力がじわじわと滲み出しているのがわかる。

このままでは本当に白は近いうちに消えてしまうだろう。

『————どうせ、僕が消えるのは、時間の問題なんだよ。要。だったら少しでも、君たちの役に立ちたいんだ』

信仰をなくした神の末路など、そんなものなのだと白は笑う。誰も、何も、恨むことなく。

――神とは、信仰する人間がいて初めて生まれるものだ。

おそらくは白も、昔は突然変異で生まれた、ただの白蛇だったのだろう。

――だがある日その白蛇を信仰する者が現れ、やがては社を造り、奉り、そして彼は神となった。

人々の信仰を集め、神としての力を得て、肉体を失った後も、存在し続けた。

だが数百年前、白は斎賀家に取り憑くことになり、自らの社を後にしたという。

かつて彼が祀《まつ》られていたという社を、八重子とともに京都まで探しに行ったが、結局見つからなかった。

主神を失った社は、その霊験を失い、人々からの信仰も失って、やがては朽ちてしまったのだろう。

斎賀家もまた長く女児が生まれなかったことで彼の存在を忘れ、彼の名前を呼ぶ者も久しくいなくなり。

白は、新たな力を手に入れる術を失った。

――そして完全に信仰を失った時。神は死ぬのだ。

『人知れず消えるのではなく、こうして要と八重子に覚えていてもらえるんだ。僕は幸せだよ』

その小さな切れ目のような口から溢れるのは、反吐《へど》が出るほどの、どうしようもない綺麗事。

それを、心の底からの真実として宣っているのだから、この神は本当に救えない。――だったら。

「私が信仰してやる。西院家の子々孫々まで、お前のことを祀って、崇め奉ってやる。だから、勝手に消えるな……！」

そして、そのまま小さな白蛇を口の中に放り込むと、要はごくりと呑み込んでしまった。

八重子がぽかん、と大きな目をさらに大きくして要を見つめている。

『うえええええええー⁉』

間抜けな白の叫び声が、己の体内から聞こえるが、もちろん無視である。

このまま自分の体に閉じ込めてやるのだ。

――これ以上神力を使わないように。そして、勝手に消えてしまわないように。

「しばらくそこで大人しく寝ていろ。今後は我が家でせっせと祀ってやるから、ありがたく思え」

信仰の意味をまるでわかっていなさそうな要の言葉に、呆気にとられて聞いていた八重子も思わず噴き出した。

『要は今日もびっくりするくらい偉そうだね！　でも、だって、それじゃ……』

「いいから寝ていろ。――あとは、人間の仕事だ」

そうだ。神に祈るのは、自分でできることを、全てやり尽くした後でいい。

すると、体内から今度は小さな笑い声が聞こえた。コロコロと。呆れたような、けれども楽しそうな声が。

「……本当に要様って、冷静そうに見えて時折突拍子もないことをしますよね」

いきなり私に跪いて求婚をした時とか、と言って、隣にいる八重子も、コロコロと鈴の音のような声で笑った。

確かにそうかもしれない。だが、そうして要が衝動的に取った行動には、不思議と失敗がないのだ。

あの時跪いて無様に求婚したおかげで、愛する妻に出会え、信頼する友も得た。

ならばきっと、これもまた正しい行動なのだと、要は信じた。

第六章　一人と一柱な夫

その大きな地震は、発生した地震火災により十万人以上の犠牲者を出し、東京市内の建物のその六割を焼き尽くした。

火は地震発生から二日後にようやく鎮火したが、その被害は甚大なものであった。

焼失を免れた新聞社が、地震後に初めて発行した新聞には『東京焼失』の文字が躍った。

帝都は焼け野原となり、多くのものたちが家族を失い、住む場所を失い、仕事を失った。

経済的にも大打撃を受け、都市機能も完全に麻痺した。

混乱に乗じた凶悪犯罪、何の根拠もない流言による暴行、貧しさゆえの暴動。

目を覆いたくなるような、人間の醜さを思い知らされるような、そんな現実があった。

だが、それでも人々は助け合いながら立ち上がり、政府による復興計画が立てられ、少しずつ日常に向けて動き出そうとしていた。

西院侯爵家も、十一月を迎えてようやく半壊した屋敷の修復工事が始まった。

金満家の西院家をもってしても、地震後は建材が高騰しなかなか手に入らず、さらには大工の数も足りず、工事を進めることができなかったのだ。

ちなみに洋館の方は、再建を諦めた。もともと流行りに乗って、先代が瑠璃子のためにと必要もないのに建造したものだったからだ。

要と八重子もそれに伴い、瑠璃子が使用人たちと暮らしていた本邸の方へと、移り住んだ。

地震の揺れで瓦が落ち、建て付けが悪くなったためか雨の日は皆で桶を持って屋敷中を走り回ることになったが、元々実家で雨漏りとの戦いに慣れていた八重子にとっては、大したことではなかった。

まさかかつての貧しい日々が、こんなところで役に立つことになるとは。人生とは本当に何が吉と出るかわからないものである。

八重子の両親と弟も避難所へ身を寄せ無事だったが、残念ながら斎賀子爵家の屋敷は、火災に巻き込まれ、焼失してしまった。

自尊心の高い公家華族であった祖父が、武家華族に張り合って建てた、斎賀子爵家の唯一の財産である身の丈に合っていないあの大きな屋敷は、あっという間に灰になってしまったのだ。

形あるものは、いずれは必ず消えるものだ。あんなにも必死になって守っていた屋敷もまた。

改築したばかりだというのに勿体無いと、八重子の父は項垂《うなだ》れていたが、避難所自体が巨大な火災旋風に巻き込まれ、避難者が全滅してしまった場所もあったというのだから、家族全員が生きてあの地震を乗り越えられただけでも幸運だったとしか言いようがない。

今、三人は西院侯爵邸に居候しているが、そのうち屋敷のあった場所に身の丈に合った小さな家を建てて、家族で暮らそうと言っている。あの無駄な屋敷を手放す良い機会だったのだと、母は笑った。

八重子の親友の郁子もまた、娘とともに無事だった。

だが、夫である高峰伯爵が所有する縫製工場が被災し、多くの損害を出してしまい、破産寸前の状況らしい。

政略結婚である以上、金の切れ目が縁の切れ目である。苦労するくらいなら実家に帰ってきていいと、郁子は両親に言われたようだが、その判断は保留にしている。

「また違う場所に嫁がされて一から力関係を築くのも面倒じゃない？　せっかく夫を私の言いなりになるように仕込んだっていうのに」

肩を竦めながらそんなことを強気に言っていたが、自分で思うよりもお人好しな彼女は、今の家族にそれなりに思い入れがあるのだろうと八重子はこっそり考えている。きっと、彼らを見捨てられないのだ。

「これを機に本性をあらわにして、今はとにかくあの甘ったれな夫を、厳しく躾《しつ》け直しているのよ」

などと宣っていたので、案外、高峰伯爵家復興の日は早い気がする。是非頑張ってほしい。

瑠璃子は、やはり前のようには歩けなくなってしまった。杖《つえ》をつき、片足を引き摺って歩いている。

けれどもそんなことくらいで、めげる彼女ではない。

相変わらず精力的に動き、杖をつきつつもどこにでも出かけていく。

最近では避難所として自宅を提供した経験からか、高貴なるものの義務《ノブレスオブリージュ》なのだと言って、地震被災者への奉仕活動に夢中になっている。

その西院侯爵邸臨時避難所はというと、秋が終わり、冬が近づく頃まで人々に開放していたが、近所にこの度新たに国が管理する避難所ができたことで役目を終えた。

冬になったら西院家の庭園で寝泊まりするのは難しい。一方で国の避難所であれば、帝国陸軍から貸与されたバラックに入ることができるし、国からの配給等も受けることができる。よって避難民たちは次々にそちらへと移動していって、先日無事、臨時避難所は閉鎖となった。

そして西院家の屋敷は、一気に静かになってしまった。


陽が傾き、少しずつあたりが暗くなっていく頃、要と八重子は二人で縁側に座り、互いの肩に寄り掛かり合いながら、その静まり返った庭園をぼうっと眺めていた。

天下の西院侯爵家の庭でありながら、この状況下では庭師を呼ぶこともできず、植木たちがこれ幸いと生き生きと枝を伸ばしている。

「これはこれで、生命力を感じられていいな」

などと要がとぼけたことを言うので、八重子は少し笑ってしまう。

「……ねえ要様。シロちゃんはどうしていますか？」

八重子は欠かさぬ日課となった質問を、口にする。

「相変わらずぐっすりと眠っている。今日もなんの反応もないな」

白は要が体に取り込んで以降、力尽きて彼の体の中でずっと眠ったままだ。

辛うじて要の中に存在はしているようだから、消えてしまったわけではないのだろう。

「神様の糧は、人間の持つ信仰心、なのですよね」

「ああ、そうだな」

「なのでシロちゃんを力付けるべく、もっと信心深くなろうと思うのですが、どうしたらいいと思いますか？」

これまた難しい問題だと、要は指を顎に当てて、少し考え込むような仕草をする。

「……私は毎晩お神酒《みき》や魚を白に奉納しているな」

「それはただ単に、要様が毎日晩酌《ばんしゃく》をなさっているという話じゃないですか」

自分で飲み食いした分を、まさかの奉納扱いである。

しかも全くもって白は喜ばないと思う。甘いもの好きな白は、お酒は苦いと嫌がりそうだ。

呆れた八重子が肩を竦めれば、要が小さく声を上げて笑った。

「そういう八重子は何かしているのか？」

「毎日シロちゃんに、またアイスクリームを一緒に食べましょうね、とか心の中で声を掛けています」

アイスクリームに釣られる神もまた、いかがなものかと思うが。

確かに白は食い意地が張っているので、目を覚ましてくれるような気もする。

「……それはただ単に食事に誘っているだけなのでは」

「だって、願うことも特になくて」

「……まあ、そうだな」

いや、ないわけではない。本当は、あるのだ。

（――早く、目を覚まして）

これは、信仰心とは違うのかもしれない。だが、二人ともが、あのお人好しな神のことを大切に思っていることは確かで。

「シロちゃんが目を覚まして、動物園が再開したら、また一緒に行きませんか？」

「……ああ、そうだな」

「温泉も行きたいですね」

「また貸し切って一緒に入るか」

「嫌です。要様もシロちゃんも、一緒に入ると私に変なことするんですもの」

すると要は、今度は大きく声を上げて笑った。

白の力が弱まり、要の目はまた人ならざるものを映すようになった。

だが、要の体の中に、弱っているとはいえ神である白が既に棲《す》み着いているからか、要に取り憑こうという根性《ガッツ》のある亡霊はいないようで、今のところ平穏な時間を過ごしている。

ただ、白と斎賀家の約定で、八重子と白の存在を引き離すことはできないため、要は常に八重子にべったりとくっついているようになった。

周囲には要の名誉のため、地震で夫と一時離れ離れになった経験から、心が弱くなってしまった八重子が、要のそばから離れられなくなってしまったという設定で通している。

どちらかといえば、そばから離れられないのは八重子ではなく要なのだが、それは言わぬが花である。

おかげで西院侯爵夫妻は、やはり鴛鴦《おしどり》夫婦だと生温かい目で人々から見られている。まあ、それはそれで本当のことなので別に良いのだが。

「……白、ほら、いい加減に目を覚ませ」

要が自らの心臓の場所を、トントンと軽く叩く。白が眠ってしまってから、もう三ヶ月が経つ。

神からすれば瞬《また》きにも満たない短い時間なのだろう。けれど、残念ながらこちらは人間なのだ。

「もうすぐ、冬になるぞ」

――そうしたら、決断の時が来る。

できるならば白が眠っている間に、選択をしたくはない。彼の意志も、ちゃんと尊重したいのだ。

要の顔が、苦しげに歪んだ、次の瞬間。

『――うん、そうだね。寒いのは、嫌だなあ』

小さな声が、要の体内から聞こえた。

そうだよな。お前蛇だもんな、と。その声に自然にそう返事を返そうとして、一瞬要の思考が止まり、驚きに目を見開く。

それは、夫婦がずっと待ち望んでいた声だった。

「白！　お前、起きたのか⁉」

『わあ！　寝起きにいきなり大きな声を出さないでよ！　びっくりするよ！』

不満げな白蛇の声に被《かぶ》るように、八重子が要を問い詰める。

「シロちゃんが目を覚ましたんですか⁉」

『あ、八重子もいるんだねぇ。おはよう』

散々心配をかけたくせに、なんとも呑気な蛇である。お前、三ヶ月も寝ていたんだぞと、吐き出しそうになった恨み言を、要は慌てて呑み込んだ。

「……白。だったら意識を私と代われるか？」

『うん。少しなら大丈夫。長い時間はまだ難しいけど』

「そうか、じゃあもう少しだけ寝てろ」

『ええ⁉　八重子とお話しさせてくれるんじゃないの？』

「後でいくらでもさせてやる。今はそのまま体力を取っておけ」

『わかったよ……要は相変わらず偉そうなんだから……』

白は拗ねた声を上げた後、やはりまだ眠かったのか、すぐに反応がなくなった。

「よかった……よかった……」

八重子がその両目からポロポロと涙をこぼし始めた。八重子を助けるため、白が自らを犠牲にしたことを、彼女はずっと気に病んでいたのだろう。

きっと白は、望んで、喜んで己の存在を差し出したのだろうが、それでも庇《かば》われ残された方としては、たまったものではない。

自己犠牲の罪深さを、今回の件で八重子も思い知ったらしい。

地震以降、要の身代わりになりたいとは、一切言わなくなっていた。

それでいい、と要は思う。もし自分が死んでしまっても、八重子ならたくましく生きていくだろう。

――だがその前に、要は一つ、賭けをしようと決めていた。その賭けには条件が二つある。

その一つが、時限までに白が目覚めることだった。そして、先ほど白は目を覚ました。

つまりこの賭けは、すでに半分勝っているとも言える。

本当は他に方法はないかと探していたのだが。見付からなかったのだから仕方がない。

「……とりあえず八重子。風呂に入るか」

「……はい？　また突然何故ですか？」

「まあ、禊《みそぎ》のようなものだな」

「禊……………」

八重子は一瞬その綺麗な巴旦杏《アーモンド》型の目を見開いた。おそらく要が言わんとしていることを察したのだろう。

それから一気に表情を曇らせる。

八重子が二十歳になる新年まで、すでに二ヶ月を切っていた。ずっと結論を先延ばしにしてきたが、もうこれ以上どうにもならないことは、八重子にもわかっているのだろう。

八重子は苦しげに目を瞑る。

「わかり、ました……」

そして覚悟を決めたように立ち上がると、その場を後にした。

本邸に戻ってきてから、要と八重子は夫婦として同じ寝室で休んでいる。

だが、地震後に白が眠りについてから、要はずっと八重子の体に触れていなかった。

もちろん触れたいという欲はあったが、不思議と白に対して、抜け駆けをしているような妙な罪悪感を覚えて、どうしても気が進まなかったのだ。

おそらく自分たちは二人と一柱で、まるで一つの存在であるかのような錯覚をしてしまったのだろう。

そして、それを良しとしていたのだ。それが、とても幸せな時間だったから。

――このままではいられないことも、また、よくわかっていたけれど。

◇◇◇

完全に陽が沈み、夜の帳に包まれた頃、要に言われた通りに風呂に入って、体を隅々まで洗った八重子は、緊張した面持ちで、夫婦の寝室へと向かった。

おそらく今日、自分は要に抱かれることになるのだろう。

年が明けるまで、もう残り二ヶ月もない。

新年になれば、八重子は二十歳になる。その前に、要に純潔を散らしてもらわねばならないのだ。

初めからその約束だった。そうすることで、八重子は神の花嫁ではなくなり、白と斎賀家の約定は、次世代へと持ち越されることになる。

白は斎賀家に次の娘が生まれるまで眠りにつき、要は白の守護を失って、今後は一人で人ならぬものと対《たい》峙《じ》しなければならなくなる。

――そして最後まで無事に残るのは、おそらく八重子の命のみ。

（やっぱり嫌だ……！）

思わず目が涙で潤む。もちろん八重子とて、死にたいわけではない。

それでもこのままでいいのかと、どうしてももやもやする気持ちが止まらないのだ。正直に言えば、嫌で嫌でたまらないのだ。

だが要は、八重子の命を選んだ。きっともう、止まってはくれないだろう。

「失礼致します……」

廊下に膝をつき、静かに寝室の襖《ふすま》を開ければ、先に身を清めていた要が、いつものように二つ並べられた布団の上で、本を読みながら八重子を待っていた。

要が本から顔を上げ、ふと八重子に微笑みかける。艶のある黒髪がまだ僅かに濡れていて、なんとも艶かしい雰囲気がある。

今日も夫は、匂い立つほど美しい。思わず彼に見惚れてしまった八重子は思う。

そんなことを言ったら男が美しくてどうする、と拗ねられるので、もちろん口には出さないが。

「――おいで」

誘う声と共に差し出された手に、吸い寄せられるように彼の元へと歩いていく。

要が手を伸ばし、八重子をそっと抱きしめた。

普段から何気なくしている抱擁なのに、やはりいつもとは違う気がした。

おそらく、ここにあるのが親愛の情ではなく、男女の情だからなのだろう。

要の指が、背中にサラリと流されただけの八重子の髪を梳《す》く。それだけで不思議とぞくぞくと甘い痺《しび》れが体に走った。

地震があったあの日まで、要は白と一緒になって散々八重子の体を弄んでいたくせに、白が眠りについてからは、一切八重子に性的には触れようとしなかった。

もちろん精神的に追い込まれていた八重子自身も、とてもではないがそういった気分にはならなかったので、ちょうど良かったのだが。

自分自身が気付いていないだけで、体は実は飢えていたのかもしれない。

「八重子の髪は、綺麗だな」

耳元で囁かれ、やはり耳を真っ赤にしてしまう。要の声は、不思議と温度を感じるのだ。

後頭部に要の手が回され、引き寄せられる。そして唇が触れ合う。

角度を変えながら何度も何度も唇を啄《ついば》まれ、上がってきた呼吸にうっすらと唇を開けば、それを待っていたかのように、喰らいつくように深く唇を塞がれ、熱い舌を差し込まれる。

「ふっう……ん」

喉の奥を舌先でくすぐられ、根本から舌を絡め取られ、苦しくて口角から唾液が溢れてしまう。

彼の舌に翻弄されている間に浴衣の腰紐を解かれ、前合わせの間から手が差し込まれた。

要の手が、浴衣の下の八重子の柔らかな肌を撫で回す。

「ん、あ……、んんっ！」

久しぶりに要に触れられる肌が酷く敏感になっていて、彼の手をくすぐったく感じ、身悶えてしまう。

だがそれで彼が解放してくれるわけもなく、執拗に触られているうちに、くすぐったさが遠のき、やがて心地よさだけが残されるようになる。

彼の唇が頬を辿り、そのまま耳を食《は》まれる。そこにある小さな穴を舌先でなぶられれば、唾液が攪拌《かくはん》する音が聞こえて、また腰のあたりから力が抜けてしまう。

やがて大きく張り出した八重子の乳房に、要の手のひらが到達する。

やわやわと乳房全体を揉まれ、時折敏感なその頂に指先が触れる度に、八重子はひくひくと小さく体を震わせた。

むず痒いような感覚が、体に蓄積していくのがわかる。

「ひっ！」

与えられた刺激で色を濃くしながらぷっくりと勃ち上がった敏感な頂を、要が指の腹でそっと撫でた。

それだけで下腹が内側に向かって、きゅうっと切なげに締め付けるのがわかる。

色づいた輪をなぞられながら、時折その中心を優しく根元から摘み上げられたり、引っ張られたまま揺すられたり、軽く爪を立てられたりと、執拗に弄《いじ》られ続ける。その度に八重子の腰が小さく跳ねる。

胸への刺激だけでも十分に気持ちが良いのに、それでも触れてもらえない場所が、疼いて疼いて仕方がない。

それが辛くて思わず太ももに力を入れながら、両膝を擦り合わせてしまう。

このところご無沙汰だったのだが、八重子の体は要から与えられる快感をしっかりと覚えていた。

足の付け根にある割れ目の上の方に、とても敏感な場所があるのだ。

そこに触れてもらうと、驚くほど気持ちが良い、不思議な場所が。

そこが熱を持ってじりじりと痛痒いような感覚を伝えてくる。それがなんとも堪えがたく、八重子はその場所を要の体に擦り付けてしまう。

そんなみっともない八重子の姿に、要が耳元でくすりと小さく笑った。

「どうした？　下も触ってほしいのか？」

わかりきっていることを意地悪く聞くのは、やめてほしいと思う。

八重子はこれでも貞淑な娘で、そんなことを自らの口で伝えられるわけがないのに。

八重子の目にぶわりと涙が浮かぶ。なんとか堪えようと唇を噛み締めると、流石にやりすぎたと思ったのか、慌てて要が宥めるようにその目元に唇を落として、そこに溜まった小さな涙を吸い上げた。

そして噛み締めた唇を、解くように舌先で舐め上げる。

そのまま要の舌は流れるように下へと滑り降りて行き、首筋、鎖骨をなぞり、大きく盛り上がった乳房を登っていって、その赤くしこった頂をもじっとりと舐め上げた。

その熱く濡れた刺激に、思わず八重子は背中を大きく反りかえらせる。するとまるで要に胸を押し付けるような形になってしまい、慌てて身を引こうとする。

だが要に先んじて背中を押さえつけられてしまい、突き出したその小さな実を、甘噛みされた。

「ひゃぁっ！」

堪えきれず高い声を上げてしまった八重子は、慌てて両手で口を塞ぐが、要はそれを面白くなさそうに見て、彼女の口元にある小さな両手を、無理矢理引き剥がす。

そして両手首をその大きな手のひらで八重子の頭の上で括《くく》ってしまうと、ようやく空いている方の手を、八重子の足の付け根へと伸ばした。

「や、あぁ……！」

拒むように力を込められた太ももに無理やり腕を差し入れ、大きくその脚を開かせると、要は自らの体を彼女の白いむっちりとした太ももの間に差し込んだ。

脚を閉じることができないまま腰布を外されれば、八重子の秘所が要の前に剥き出しにされてしまう。

「か、要様……！　恥ずかしいです……！」

そんなところは、自分でもしっかり見たことがないというのに。

全てを要に曝《さら》け出していることが恥ずかしくてたまらず、なんとか逃れようと身を捩るが、一回り以上大きな体の要に四肢を四肢で拘束されて、逃げることができない。

その割れ目からはすでに透明な蜜が滲み出ており、臀部《でんぶ》へと糸を引きながらこぼれ落ちていた。

要は、蜜をたっぷりと湛えた蜜口から、有り余った蜜を指先で掬い上げ、割れ目を指先で下から上に向けてなぞった。

「ふぁぁぁぁ……！」

ため息のような、切ない嬌声を上げながら、八重子が体を震わせる。

要は八重子を拘束したまま、何度も何度も指先で割れ目を擦り上げる。するとさらにどんどん蜜が湧き上がる。

「相変わらず、素直な体だな」

そう言って要は笑う。本人と同じように、予想した反応通りに、反応してくれるから楽しいと。

そして、要がさらに指先をその割れ目の深くに沈み込ませると、くぷりと小さな水音が響いた。

よく濡れたその内部を確認するように、慎ましやかな穴から、その上で触れてほしいと主張する陰核までを要の指先が確認していく。

そしてぷっくりと硬く勃ち上がったその芽を少々指先で突っつかれ、八重子はがくがくと体を痙攣させる。

「ひあああっ……！」

さらにその根元から、ゆっくりとその尖りに向けて強めに撫で上げられ、八重子は実にあっさりと達してしまった。

足の爪先がピンと跳ね上がり、下腹が内側に何度も引き絞られるように締め付けられる。

そしてビクビクと脈動を起こした未だ空洞のままの膣内が、きゅうっと切なげに戦慄《わなな》いた。

要は、八重子の蜜を湛えた入り口を、こくりと喉を鳴らしながら確認する。

完全に溶けきって、絶頂から降りて来られずに未だに脈動を繰り返すその蜜口に、初めて要の硬く熱いその先端が、充《あ》てがわれる。

八重子はそれが何かに気付き、そして失われるであろうものに怯えて思わず身を引こうとする。

だが、要は八重子を逃すつもりはないようだ。体を押さえつけられて、ほんの少し腰を近づけられて、その熱く猛ったものが、つぷりと八重子の中に沈んだ。

「や……まって……」

間違いなく体がそれを欲しがっているのに、心が嫌だと泣き叫んでいた。

要を失いたくない。白も失いたくない。――――ひとりで遺されるのは、いや。

すると要はその八重子の心を汲んでくれたのか、腰を震わせながらも、それ以上強引に進もうとはしなかった。

ただ、絶頂したばかりで痛いくらいに敏感になった八重子の陰核を、負担にならないよう指の腹でそっと触れるか触れないかの優しい感触でさするだけだ。

みっちりとその頭の部分だけ入り込んだ場所から、また蜜が滲み出した。

「――――ずっと、考えていたんだ」

八重子を喘がせ、乱れさせながら、要がぽつりと呟く。

要の話を聞くために、八重子は快感でぼうっとする思考を必死に明瞭にしようと、一度目をぎゅっと瞑ってからまた開く。

「八重子、前に白が言ったことを覚えているか？」

白は基本お喋りなので、要の体に入るとひたすら喋っている。なので、要がどの話について話しているのかが、八重子にはわからない。

首を傾げる八重子に、要は困ったように笑った、

「あいつはこう言ったんだ。自分が精神体であるから、花嫁もまた精神体である必要がある。よって、自分の花嫁となれば、八重子は人間の肉体を失うことになるだろうって」

快感で朦朧としながらも、八重子も思い出す。そうだ、確かに白はそんなことを言っていた。

自分には肉体がないから、肉体のある花嫁を貰うことはできないのだと。だから、八重子には人間の体を捨ててもらうことになるだろうと。

「そこで私はその逆を考えた。もし、白が肉体を手に入れたのだとしたら？」

要の言葉に、八重子もその事実に気付き、息を呑む。

――そう、要は、神さえもその身に受け入れることができる、特別な器だ。

つまりは自分の中に閉じ込めることで、神を受肉させることも、可能である。

そして、そもそも神が受肉し肉体を持っているのなら、その花嫁が同じく肉体を持っていても、なんの問題もない――はずだ。

受肉した神とであれば、人間としての肉体を失うこともなく、八重子は白と交合し婚姻を結ぶことができるのではないだろうか。

これは、確かに完全に賭けである。機会は八重子が純潔を失う際の、たった一度きり。

だがもうこれ以上に、良い方法は見つからない。

要が大きく深く溜息を吐いて、目を瞑り、そして冷徹な声で己の内側へと呼びかけた。


「白、起きろ。――嫁取りの時間だ」


そして、やがてゆっくりと彼の目が見開かれる。そこにある色は――燃えるような、金。

「一体、なにが、あったの……?」

現状が把握できていないのだろう。白が呆然と呟く。

確かに驚くだろう。なんせ目を覚ましてみれば、目の前には突然全裸で今にも繋がりそうな体勢の、八重子がいるのだ。

いや、むしろ既に一部繋がってしまっている。まるでその方法を、白に教えるように。

八重子は彼の金色の目に魅せられ、熱に浮かされた思考で脚を彼の腰に絡め引き寄せるように動かした。

自らの中へと誘うように。

するとぽたぽたと、その金色の目から涙の雫が落ちてくる。おそらく彼も、要と八重子の意図に気付いたのだろう。

「八重子……。八重子……。僕の、お嫁さん」

その声には、欲と迷いが滲み出ていた。――本当に、優しい神様だと八重子は笑う。

だから、彼に報えることが嬉しい。ずっと、ずっと報われることのなかった彼に。

「シロちゃん、おいで」

八重子は優しく語りかける。彼の花嫁となるために。


――さあ。昔々の約束を、果たそう。


八重子はさらに腕を伸ばし、彼の背中に這わせた。そして、思い切り自らの方へと引き寄せる。

八重子の中にある楔《くさび》が、ずぷりとさらに奥深くへと入り込み、ぶつりと彼女の純潔の証を傷つけた。

――キィンと、耳鳴りがした。次いで、見えない何かが砕け散る音。

「ぐっ……」

小さな呻き声を上げて、堪えきれないというように、とうとう白は八重子に腰を打ち付けた。

そんな彼の全てを、八重子は自らの奥深くまで受け入れる。

「っ…………！」

初めて拓《ひら》かれたその場所に、激しい痛みを感じ、八重子が苦しげに眉根を寄せる。

すると白が両手で八重子の両頬を包み込み、自分の顔の方へと向ける。

「大丈夫、八重子。こっちを向いて」

白に言われるまま、八重子は彼の金色の目を覗き込んだ。すると、脳の中心が痺れたようにぼうっとして、
痛みだけがすうっと引いていく。

そして白はまた一つ腰を打ち付ける。いやらしい水音と、肌と肌がぶつかる音が響いて。

「んああっ！　――気持ち、いい……！」

思わず八重子は声を溢《こぼ》した。初めてのはずなのに、もう痛みはなかった。

それどころか、ぞくぞくと全身に快楽が走る。気持ちが良くて、たまらない。

「うん、すごく気持ちがいいね……。肉体ってすごいなあ……。癖になりそう」

そう言って白は泣き笑いのような表情を浮かべると、八重子を激しく揺さぶり始めた。

「や、あ、ああああっ……！」

律動の度に八重子は高い声を上げ、快楽に目を潤ませる。

「――――っ」

白は、本能のまま腰を振り続け、やがて一際強く八重子の奥へと突き込むと、その熱を解放した。

「…………うあっ……」

気持ち良さに思わず呻いた白が、目元を赤くして、恥ずかしそうに俯いた。

これを、要の顔でやってくれるのが素晴らしい。ぼうっとした頭でそんなことを思い、八重子は思わず笑ってしまった。

繋がったまま、しばらく二人で抱き合って、呼吸と鼓動を整える。

「…………どうだった？」

八重子は手を伸ばし、そっと彼の頬を撫でながら、恐る恐る聞いてみる。

「すっごく気持ちよかった！」

拗《こじ》れた約定がちゃんと成されたかを聞きたかったのに、返ってきたのは素直な性交の感想だった。何故だ。

今更になって八重子まで照れてしまい、思わず俯いてしまう。

「そ、そうではなくて、約定はどうなったの？」

すると、白は頷いて、晴れ晴れと笑った。

「うん。八重子は正式に僕のお嫁さんになった。だからもう、これで斎賀家との約定は果たされたことになったよ。――――つまり僕は、もうどこにでも行ける。自由だ」

心からの白の笑顔に、八重子の目から滂沱の涙が溢れた。嗚咽が止まらない。

「よ、よかった……、本当に、よかった……」

体を震わせながら、丸まって泣く八重子に、白が小さく首を傾げる。

「八重子はどうして泣いているの？」

白が不思議そうに聞いてくる。そんなことは、単純明快だ。

「――人は、嬉しくても泣くのよ、シロちゃん」

すると、人間ってやっぱり面白いと言って白は笑った。八重子も釣られて泣きながら笑う。

これからも少しずつ、人間のことを知っていってくれるといい。八重子が神の妻になったように、彼もまた人間の夫になったのだから。

そのまま二人で笑い合っていると、突然白が唇を尖らせた。

「はいはい。わかったよ。……仕方がないなあ。今日はここまでかぁ」

白が困ったように眉を下げ、肩を竦めた。一体どうしたのだろう。

「本当はもう少し、八重子とお話がしたいんだけど。要がいい加減に代われってさ」

久しぶりに聞いたそんな二人のやりとりに、八重子はまた笑ってしまう。

「それじゃあね僕の奥さん！　またね！」

そう言って、白は目を瞑る。なんとなく、八重子は緊張しつつ彼の目が再び開くのを待つ。

すると一気に眉間に皺が寄るので、要が帰ってきたのだと、八重子は認識する。

そして。その目を開かれれば、瞳が要本来の漆黒に戻っていた。

「……――ふふ。要様。お帰りなさい」

どうやら要は少々不貞腐《ふてくさ》れているようだ。だが、そこに悔恨の色はない。

「……どうやらうまくいったみたいだな」

その声に、八重子は頷いた。全ては要の機転によるものだ。

「――はい。私、神様のお嫁さんになっちゃいました」

長く長く引き延ばされ続けた白と斎賀家の約定は、ここに無事に果たされた。

そして、白は自由になった。

やり遂げたのだと、八重子は晴れやかに笑う。

「全部、要様の目論見《もくろみ》通りです。本当にありがとうございます！」

「……そうか。それは良かった」

要はにっこりと笑った。それは透き通るような綺麗な笑顔で。

（…………あら？）

――その見慣れない微笑みに、なぜか嫌な予感がする。八重子はぞくりと体を震わせた。

ああ、そうだ。先ほどからの要の綺麗な微笑みは、所謂心が伴わない外面用で。

そして彼は顔を微笑みの形のまま、身を起こしていた八重子を、また布団の上に押し倒す。

「ひゃあ！」

「じゃあ今度は私に付き合え。……君は、白だけではなく、私の妻でもあるんだからな」

どうやらちゃんと頭では理解をしてはいるものの、やはり内心では少々拗ねているらしい。

そもそも意識が違うだけで同じ体を使用しているのだし、体を繋げる以外の全ての初めてはほとんど要に捧げたのだからとも思うのだが。まあ、そういう問題でもないのだろう。

要は、大きく八重子の足を開かせ、その内腿に口付けを落としていく。

ちりっと肌の表面に小さく痛みが走るのは、どうやら要が強く吸い上げているからのようだ。

赤い花びらが、八重子の白い肌に散っていく。

「ふぁ、ああ……」

くすぐったさに、腰を捩らせれば、八重子の中からトロリと、蜜と、精と、血液の混じったものが溢れてきた。

「……指、挿れるぞ」

「……ひゃっ！」

つい先ほど拓かれたばかりのその場所に、要の整った指先が、ぬるりと入り込んでくる。

若干傷付いているからか鈍い痛みがあるが、それだけではない不思議な感覚も、八重子に与えてくる。

グチュグチュと卑猥な音を立てながら中を攪拌され、八重子の腰ががくがくと前後に震える。

「や、ああ……！　なんか、変です……！」

追い詰められているような感覚に、要に縋り付きながら八重子が助けを求めるが、要は嬉しそうに笑い、さらに指をえげつなく動かすだけである。

白は素直に快感を与えてくれるのに対し、要はいつも意地悪で、八重子を泣くまで追い詰めるのだ。

「本当はずっと前から、こうしてここに指を挿れてやりたかったんだが、うっかり純潔を傷つける可能性があったからな。我慢していたんだ」

果たしてそれは、我慢しなければならないようなことなのか。八重子には全く理解ができない。

要は八重子の中で、指を鉤爪《かぎつめ》のように僅かに曲げると、そこにある膣壁をぐりぐりと刺激し始めた。

そして、同時に蜜口の僅か上にある、八重子の体の中でも最も敏感な小さな突起を、親指の腹で強弱をつけつつ、刺激し始めた。

「ひ、あ……！　やあああっ！」

下腹に熱と力がこもり、内側に向けてきゅうきゅうと彼の指を締め付けてしまう。

すぐに昇り詰めてしまいそうで、八重子は助けを求めるように、要の背中に縋り付く。

「だめです……要様……っ。おかしくなっちゃう……！」

追い詰められて余裕がなくなり、思わず敬語が崩れ幼い言葉で助けを求めれば、実に嬉しそうに要が笑った。

残念ながら、全くもって助けてもらえる気がしない。

「そうか。ならばおかしくなってしまうといい」

そして、やはり血も涙もない言葉が返ってきた。

さらに、膣内の指の動きが激しくなり、陰核を容赦無く甚振られ。溜まった快楽の決壊は、すぐにきてしまった。

「――――っ‼」

八重子は声も出せないほど、深く絶頂した。激しく膣内が波打ち、全身がガクガクと震えて止まらない。

すると要はすぐさま八重子の中から指を抜き、代わりに一気に己を充てがいその最奥まで突き上げた。

「あ、あああっ‼」

八重子は大きく背中を反らせた。達したばかりで激しく脈動している膣内を、要が容赦無くえぐる。

「ひいっ！　あ、やあああっ！」

いやいやと首を横に振るが、もちろん嗜虐的な性格の要が許してくれるわけもなく。

高みからなかなか降りてこられない八重子は、過ぎた快感に、ぼろぼろと涙をこぼす。

「はあ……気持ちがいいな」

思ったより余裕のないその声に、八重子は潤んだ視界で要を見上げる。

すると彼は、眉間に皺を寄せ、必死で何かを堪えるような顔をしていた。

（なんだか可愛い……）

八重子はうっすらと笑い、彼の頬に手を伸ばす。

そして、見た目よりも柔らかなその頬に触れると、彼の顔を引き寄せ、自分から唇を重ねた。

「――――っ！」

なぜか要が言葉を無くす。そして、また激しく揺さぶられて、八重子が与えられる快楽に耐えていると、
頬にぽつりと雫が落ちた。

要の目から、涙が溢れていた。八重子は驚いて、目を見開く。

それから得心する。そうだ、彼もまた死の恐怖から解放されたのだった。

自分か、八重子か、それとも白か。確実に誰かが犠牲にならなければいけない状況から、奇跡的に逃れることができた。まさにめでたしめでたしだ。

そっと要の頬を伝うその涙を、一粒一粒吸い上げて、八重子は慰めるようにそのサラサラな黒髪を撫でる。

要は一度律動を止め、繋がったままで八重子を強く強く抱きしめる。

「……ずっと、ずっとこうしたかった」

万感の想いを込めたような、そんな言葉が彼の唇から溢れた。

八重子はちゃんと知っていた。彼がこの二年間、ずっと我慢し続けていたことを。

「ずっと、君を抱くことを想像していた。どんな感じなのだろうと」

八重子にとて、その欲はあった。表面を触れられる快感はあれど、いつだってお腹の奥の方が、物足りなくて切なかった。

ここを要に埋めてもらったら、一体どんな感じなのだろうと、想像したことは一度や二度ではない。

もちろん破廉恥なことを考えてしまったと、その後深く反省するのであるが。

「ああ、想像していたより、ずっとずっと気持ちが良いな……」

白に引き続き、要からも性交についての感想を聞いている。なぜだと思わなくもないが、彼らの幸せそうな顔を見ていると、それだけで八重子も満たされるので良いのだろう。

「……期待を裏切らずに済んだようで、良かったです」

間抜けな返事しか返せなくて辛い。

だが八重子自身も、想像していたよりもずっと満たされていた。

要に自分の全てを明け渡し、支配されているような、不思議な感覚。

「――言っておくが、正直なところ本当は少し……、いや、かなり悔しいんだぞ」

それはおそらく、八重子の初めてを白に渡したことだろう。

要のそんな素直な言葉に、八重子は笑ってしまった。格好付けの要が珍しい。

「なんせ、ずっと君の純潔を散らすことを、私は人生最後のご褒美だと決めて生きてきたんだからな」

「………」

そんなことを人生最後のご褒美にしないでほしい。流石に八重子の顔が羞恥で熱を持つ。

「初めての君を、丁寧に、丁寧に抱くつもりだった」

確かに八重子の純潔の証を傷つけたのは、白かもしれない。

だがその前に少しでも八重子が辛くないようにと、丁寧に八重子の体を愛でてくれたのは、要だった。

きっと、そんな想いが込められていたのだろう。

「君を抱けたら、このくだらない自分の人生にも意味があったと思えるんじゃないかって、そんなことを考えていた」

我慢できないのだろう、要がゆっくりと小刻みに腰を揺らす。

その度に、八重子の下腹に、甘い疼きが響く。

「だが、君が好きで、白も大切で。毎日がとてもとても幸せで。私は死にたくなくなってしまったんだよ。無様に足掻きたくなってしまったんだ……」

それさえ諦めれば、皆が生き残れる可能性がある。

ならばくだらないこだわりは、捨てるべきだ。大切なものを見失うな。要は、そう自分に言い聞かせた。

「くだらない矜持など守って、大事なものを失うなど本末転倒だ。最初のたった一回と、これから死ぬまで数え切れないほど八重子を抱くのと。どちらが大事かなどと、そんなの比べるまでもないだろう？」

どうやら自分は、これから先の人生、数え切れないくらい要に抱かれてしまうらしい。

多少手心を加えてはもらえないだろうか、と八重子は思った。想像すると気が遠くなる。

まあ、きっと度を越えたら白が助けてくれる……かもしれない。

恐ろしく感じるほどの要のその独占欲に、けれどもなぜか身体は悦《よろこ》んで、きゅうっと下腹が己の内側に引き絞られるように蠢《うごめ》いた。

「八重子……好きだ」

そして、八重子は、彼の精一杯の愛の言葉を聞く。八重子もそれに応えるように、必死になって頷いた。

それからまた要は動き出す。八重子の奥の奥まで、届かせようとするように、腰を打ち付ける。

「ひゃっあ、ああ、ん――――っ！」

激しく揺さぶられ、八重子はだらしない嬌声を上げることしかできない。

さらには繋がった部分のすぐ上にある、触れられるとすぐに気持ち良くなってしまう、敏感な尖りを、律動と共に要の指先が強めに押しつぶしてくる。

「や、ああ……！　だめぇ……！」

気持ちが良すぎて、あっという間に果てに手が届きそうになる。

「要様……要様ぁ……！」

視界が潤む。解放を求めて無意識のうちに太ももに力をこめ、自ら腰を動かし高みを目指す。

「ひ、あ、ああああ――――っ！」

そして高い声を上げて八重子は達した。

激しく脈動を続けるその中を、要は容赦無くえぐる。

「ま、まって……やあ、だめ、今、だめなの……」

達したせいで敏感になりすぎているその場所を、だがやはり嗜虐的な要が解放してくれることもなく。

「ひいぁぁぁっ！」

苦痛にすら感じるほどの快楽の中、まるで悲鳴のような声を上げながら八重子は彼に揺すぶられ続け。

「っ…………！」

それから要は、ずっと――おそらくは結婚してからの二年間、ずっと。

堪えて続けてきたものを、ようやく八重子の奥深くへと解き放った。

繋がった部分からビクビクと伝わる脈動は、一体どちらのものか。

最後の一滴まで絞り出すように、八重子の中で己のものを扱いたのち、要の体が力を失って、ゆっくりと八重子の上へ落ちてくる。

激しい鼓動も荒い吐息も。その全てを重ね合って、強く抱きしめ合う。

「……あかちゃん、できちゃいますよ」

そんなにも全て、八重子の中に出してしまったら、八重子はいつ孕んでもおかしくない。

彼がかつて、この霊媒体質と、西院家の断絶を望んでいたことを知っている、そのことを思い出し、不安になった八重子が小さな声で咎《とが》めるように言った。

「そうだな……。たくさん欲しいな」

だが彼から返ってきたのは、そんな想定外の言葉で。驚いた八重子は思わず目を見開く。

彼の中で、一体どんな心境の変化があったのか。

「だって白を子々孫々まで祀ってやるって豪語してしまったからな。神との約束を反故にするわけにはいかないだろう?」

要がくすくすと笑う。安堵した八重子も、何やら笑いが込み上げてきた、

「その代わり、白にはせいぜい子供たちのお守《も》りをしてもらおう。——共存共栄、相互扶助ってやつだ」

——白は寂しがり屋だからなぁ。そう言って、要は笑った。

神のくせに、必要とされないと寂しくなってしまう。困った神様。

斎賀家は散々彼を利用し搾取したが、その一方で、確かに彼の孤独を癒《いや》したのだ。

だからいつか要や八重子がいなくなった時。いずれ生まれてくるであろう子供たちが、彼の存在する理由になっているといい。

全ての悩みから解放されたからか、八重子を急激な睡魔が襲う。

うつらうつらとしていると、要の大きな手のひらが、労るように八重子の背中を撫でた。

八重子は要の柔らかな頬に頬擦りをする。どうかこの気持ちが伝わるように、と。

そして、そのまま半ば気絶をするかのように、眠りの世界に旅立った。


「んっ……」

部屋に差し込む陽の光で八重子が目を覚ますと、既に要は起きていて、八重子の寝顔を見つめていた。

――いや、要ではない。白だ。僅かにその目が金色がかっている。

「……おはよう、シロちゃん」

布団の中から鼻より上だけを出して、八重子は微笑む。

白は少し驚いたような顔をして、そして嬉しそうに笑った。

「……おはよう、僕の奥さん。体調はどう？」

「…………」

八重子は布団の中でもじもじ体を動かしてみる。腰と下腹部が重いが、大丈夫そうだ。

「うん、大丈夫」

「そう、良かった」

「シロちゃんは、何をしてたの？」

「要と何度か交代しながら、八重子の寝顔を見てた」

「え⁉　いつから……⁉」

「一時間くらい前かなあ？」

起こしてくれたらよかったのに、と。八重子は顔を赤らめる。涎《よだれ》を垂らしたり、白目を剥いていたり、鼾《いびき》をかいていたりしていないだろうか。

まあ、ずっと一緒に寝ているのだから、何もかも今更なのだが、妙に恥ずかしい。

「八重子の寝顔は可愛いよね。見ていて全然飽きないや」

普段若干捻くれている要の相手をしていると、素直な白は癒しである。

「ありがとう、シロちゃん」

つい八重子まで素直になってしまう。

そして白はちゅっと小さな音を立てて、八重子の唇に口付けをした。

見つめ合って、微笑み合う。白の金色の目は、やはり綺麗だと思う。

「……はいはい。もう、せっかちだなあ」

すると、白が困った子供に対するような顔をして、ふふっと声を上げて笑う。

かつて八重子も要も、ずっと白のことをどこか幼い子供のように感じていたが、実のところは、要の方がずっと子供なのだ。なんだかんだと要は、いつも白に手のひらで転がされているような気さえする。

だがよく考えれば、白は少なくともこの世界で何千年も生きているのだ。子供のわけがないのだった。

金色の目が閉じられて、再び開かれる。

見慣れた、漆黒の目。僅かに寄せられた眉根。今日もわかりやすい要である。

「おはようございます。要様」

八重子が朝の挨拶をすれば、腕が伸ばされ、その中へと囚われる。

そして、白と同じように、口付けが落とされる。だが、先ほどのような可愛らしいものではない。

顎を押さえられて、緩んだ間から舌を差し込まれ、口腔内を散々なぶられ。

朝から、濃すぎる口付けに、八重子はぐったりしてしまった。

（うん。要様だわ……）

本当に、わかりやすいにも程がある。要と白を足して二で割ったらちょうど良いのではないか、などと内心思うが。

口に出すと怒られそうなので、八重子は賢明にも黙った。

「おはよう、八重子」

そう挨拶をすると、またぎゅうぎゅうと抱きしめてくる。

実のところ寂しがり屋なのは、白よりも要なのではないだろうか。

「幸せですねえ。要様」

彼の胸元に顔を擦り付けて、八重子は思わず呟いた。

この二年間、ずっとあった不安が一気に解決した。しかも考え得る限り、最高の結果で。

八重子は人間のまま、要もまた人間のまま。そして白は約定から解放されて。

「…………八重子は、これで良かったのか」

だというのに、要の声には何故か罪悪感が混じっている。八重子は首を傾げた。

「人間と神。それぞれの夫を持って。嫌だとは思わないのか？」

そんなことは、全く思わなかった。八重子はむしろ驚いてしまう。

だが確かに、この国は男の貞節にはやたらと甘く、女性の貞節にやたらとうるさい。

夫を複数持つなどと言ったら、普通は激しい抵抗感を持つものなのかもしれない。――だが。

「むしろ嬉しいです。私、何度も言っているように、このままずっと要様とシロちゃんと一緒に暮らしていきたいって思っていたんですもの」

ニコニコと幸せそうに笑う八重子に、要は毒気を抜かれてしまったようだ。

「……ああ。私も、そう思っていた」

小さく噴き出して、珍しく嫌味のない笑みを浮かべてみせた。

『もちろん、僕もだよー！』

「白もそうだと言っている」

そんな夫たちに、八重子は幸せそうに笑ってみせる。

かつて八重子は西院家の書庫で、英国で書かれたという二重人格についての怪奇小説を読んだことがある。

その小説の主人公は、一つの体に二つの人格を持っていた。一つは温厚な性格、もう一つは残虐な性格。

それと同じように、要もまた一つの体に二つの人格を持っていると考えればいい。

しかも小説とは違い二つの魂は二つとも、とびきり善良で八重子を深く愛してくれていて。

そして八重子もまたその一人と一柱を、同じだけ愛していて。

――ただ、それだけのこと。


「――だから、全く問題ないわ」

だって、八重子はずっと願っていたのだ。このまま二人と一柱で仲良く暮らせたらいいと。

「それに人間と神様の夫をそれぞれに持つなんて、なかなか女冥利《みょうり》に尽きると思いません？」

そう言ってからりと笑ってみせる剛毅《ごうき》な八重子に、一人と一柱の夫たちもまた、声を上げて笑った。

エピローグ　変わらないもの

――激動、という言葉が、こんなにも相応しい時代はなかった。

大きな地震があった。大きな戦争があった。多くの、数え切れないほどの人が死んだ。

やがて華族という身分が廃止された。文明が一気に発展した。常に外には人工の明かりが灯され、人ならざるものが潜める暗闇が失われた。

そんな時代を、要と八重子は生きた。

苦しみも多かったはずだが、それでも二人は笑って生きていた。

世界は大きく変わって、けれどもやはり二人は変わらなかった。

短命であるはずの西院家の当主である要は、九十を超えてから老衰で亡くなった。大往生だった。

きっともう、西院家の呪いなど、誰もが忘れていることだろう。

若き日の約束通り、八重子は彼を看取り、命の火が消えるその瞬間まで、彼の手を握っていた。

要の人間としての肉体の死をもって、要と白は完全に分離した。

その頃にはもう、白は随分と力を回復しており、要の体を自由に出入りすることもできたので、特に問題はなかった。

要は肉体を失ってからも、父親と同じように妻である八重子の周囲をうろうろしていた。

老いた八重子が「要様がちっとも迎えにきてくれない」などとぼやく度に、白と顔を見合わせて、幸せそうに笑う。

そして、八重子は、結局百をいくつか超えてから、要の元へと逝った。もちろんこちらも大往生だった。

要が体から抜け出した八重子の魂を引き寄せ抱き締める様を、白は命の火が消えた八重子の老いた体の側で、ぼうっと見つめていた。

やっぱり八重子は迎えが遅いと要に文句を言っていて、悪かったと要は幸せそうに笑っていた。

それから彼女は白の方を向いて、「シロちゃんは本当に綺麗ね」とうっとりと目を細めて言った。

ずっと、その姿を見てみたかったのだと、そう言って。

八重子が白の姿を見たのは、確かにこれが最初で最後であった。

ずっと、こんなにも側にいながら、結局彼女は肉体の死の瞬間まで、白の本当の姿を見ることはなかったのだ。

そして肉体から解放された二人は、若かりし頃の姿のまま白の方を向いて、「またね」と手を振ってから、空へと昇っていった。

結局、白はまたひとりぼっちになってしまった。

さて、これから消滅するまでの長い年月を、また一柱で寂しく過ごさなければならないかと思いきや。

「哉太《かなた》！　出かける前にちゃんと白様のお社に寄っていきなさいね！」

「わかってるって！　いってきまーす！」

相続の度にその規模を縮小していった西院家の屋敷から、今日も元気な男の子の声が聞こえる。

しばらく待っていれば、軽やかな足音とともに、要によく似た少年が、屋敷の敷地内の一角に造られた小さな社に向かって近づいてくる。

「シロちゃん！　遊びに行こう！」

満面の笑みとともに与えられたその言葉に、白は社から飛び出すと、ぴょんと彼の肩の上に乗った。

神は、人の想いによって生かされるものだ。

要は「俺が祀ってやる」という言葉を守り、白のために屋敷の敷地内に、こうして小さな社を建ててくれた。

そして家族にも白を祀らせた。当主である要の言葉を守って、この屋敷に住む者たちは、毎日白の元へとお参りに来てくれる。

――白は西院家の、小さな守り神となったのだ。

そうして西院家に根付き、細々と続いた信仰のおかげで少しずつ力を取り戻した白は、要の体から出ても存在できるようになっていた。

多少大きくはなったものの、相変わらず子供の蛇のような弱々しい姿であるが、現代社会の人工の光で昔よりも力を失った人ならざるものから、哉太を守ることくらいのことはできる。

肩に乗った小さな白蛇の頭を、哉太が優しく撫でた。その撫で方が彼の高祖父である要そっくりで、白はまた笑ってしまう。

あれから要と八重子の間には、四人の娘が生まれた。

どうやら西院の霊媒体質は男児のみが引き継ぐものらしく、娘たちの目に、白の姿が映ることはなかった。

そして長女が婿を取り跡を継ぎ、その後十人の孫に恵まれ、また孫娘が婿を取り二十人の曽孫に恵まれたが、不思議なことに生まれるのは女の子ばかりで、男児が生まれることはなかった。

そのことを若干寂しく思いつつも、もう要の体質を受け継ぐものは現れないかと白が安心した、その頃。

久しぶりに西院家で、男児である哉太が生まれたのだ。

一度男系が途絶えたこともあってか、要ほどではないが、やはり人ならざるものが見えるようで、何もない場所を見てはよく泣き叫んでいた。――それが、八重子が亡くなる一年ほど前のこと。

『……シロちゃん。お願いよ。どうかあの子を守ってあげて』

もう、人間と約定など結ぶつもりはなかったのに、白はそんな八重子の最期の願いを受け入れた。

滅多に願いごとを口にしない八重子の、ささやかな願いを。

そうして白は今、せっせと哉太のお世話係をしているのである。

寂しいなどと思っている暇はない。なんせ哉太はやんちゃで、目を離すとすぐ怪我をしたり、人ならざるものにくっついて行って迷子になったりするのだ。

何度も危ない目から哉太を助けているため、二人の曽孫である哉太の母からは、「白様いつもありがとぉぉぉぉ……！」と毎日崇め奉られている。神として、悪い気はしない。というか嬉しい。

おかげで毎日が忙しく、そして楽しく。寂しいと思っている暇がない。

「ねえシロちゃん。今日はどこに遊びに行こうか？」

全く神に対する敬意のない哉太の言葉に、白は笑う。そんなところまで高祖父《要》と高祖母《八重子》にそっくりだ。


色々あるけれど、今のところ、世界は平和だ。

なんだかんだと人間は、今日もしぶとく生きている。

だから、いつか要と八重子が迎えにきてくれるその日まで、もう少し彼らに付き合ってみようと思う。


哉太の肩の上で、彼らがいるであろう晴れ渡る空を見上げながら、白はまた笑った。

番外編　温泉に入ろう

――――それは、あの地震の一ヶ月前。広島へ神社仏閣巡りに行ったときのこと。

「ま、まさかたった二人で泊まるために……旅館をまるっと貸し切ったんですか……？」

嘘だと言ってほしくて、八重子は恐る恐る要に聞いた。

正しくは二人ではなく、二人と一柱なのだが、物理的には二人なので気にしてはいけない。

ここは美しい日本建築の高級旅館。その前には女将《おかみ》と仲居がずらっと並んで、要と八重子の来訪を喜び微笑んでいる。そして先ほど『本日当旅館は西院様の貸切となっております』などと女将に言われ、八重子は思わず悲鳴を上げそうになったのだ。

「何か問題でもあるか？」

「問題しかないですね。一体どれだけお金を使ったんです……？」

想像するだけで、貧乏元没落華族令嬢の八重子は震え上がった。

それでなくともここは江戸時代から続く、部屋よし食事よし温泉よしの高級旅館だ。その五十部屋全てを、この男は貸し切ったというのか。

（信じられない……！　なんて無駄なことを……！）

生まれながらに金に困ったことのない要は、時々金銭感覚が麻痺している。しかも残念なことに、女に貢ぐ性質《たち》ときている。

高価なものはいらないと常々言っているのに、この前も要は八重子のためにと百貨店が仏蘭西の宝飾店から取り寄せたという大きな金剛石《ダイアモンド》のついた首飾りを買おうとして、贈られる予定だった張本人に見つかって叱られたばかりだ。

ちなみに、そんな要の愚行を止めてくれるだろうと期待していた姑の瑠璃子は、「あらいいじゃない！八重子さんに似合いそう！」などと宣い、むしろ要の背中を押す始末であった。辛い。

そういえば、彼の父親である先代の西院侯爵も、妻である瑠璃子のために、敷地内に洋館をまるっと一つ建ててしまうようなお方であった。おそらく女に貢いでしまうこの体質は西院侯爵家の血なのだろう。

白のことをお人好しだ馬鹿だなんだと要は言うが、八重子からみれば要も相当に馬鹿である。

芸妓などに入れ込んだら、おそらく家を傾けていたのではないだろうか。

そんな想像をした八重子は、ブルリと震えてしまった。

「八重子だから金を使うんだ。どうしてそこら辺のどうでもいい女に金を使わねばならん」

八重子の説教も、要にはどこ吹く風だ。全く響いている様子はない。

「妻に貢いで何が悪い。そもそも私は人を見る目があるから問題ないな」

だから、いつもどこからその自信がくるのだろう。八重子は遠い目をした。もし八重子が金銭目的の女だったらどうするのか。

――――というか、そもそも八重子は実家への資金援助を求めて要に嫁いだのだった。

ばっちり金目当てである。本末転倒なことを考えてしまったと、八重子は頭を抱えた。

「今更予約の取り消しもできない。諦めてここに泊まるしかないな」

「………………」

要にずりずりと引き摺られながら、腰の低い旅館の女将と仲居に頭を下げられ、八重子はこの旅館で最も良い部屋へと連れて行かれた。

他に客がいないため、部屋はとても静かだった。

夏らしく鈴虫の鳴き声だけが、美しく響いている。

部屋に運ばれて供された食事は、山の幸と海の幸で溢れ、非常に美味であった。

要と途中で入れ替わった白は、あまりの美味しさに要の体で踊り出し、やはり要に叱られていた。

他に人はいなかったから、どうか許してあげてほしい。ちなみに八重子もその奇怪な踊りはもちろんしっかりと楽しませていただいた。

普段格好つけている要が、白のせいで面白おかしい状況になることが楽しい。

怒られそうなので、一生そのことを口にするつもりはないが。

「はあ、幸せ……」

悔しいが、八重子は非常に充実した時間を過ごしてしまった。

「八重子としては、金を使うことに罪悪感を覚えるのかもしれないが。そもそも金は貯めるものじゃない。

使うものだ。使う瞬間まで、紙幣などただの紙切れに過ぎない」

大きく開けた窓から月を見上げつつ、浴衣姿でお猪口《ちょこ》を口元で傾けながら、そんな格好良さげなことを言っている要は非常に美しい。眼福である。

「金を持っている人間が、金を使わなければ、下々に金は回らない。そもそも金を使うことは罪ではない」

「でも……あまりにも無駄遣いな気がして」

すると要は八重子の髪を一房手に取って、そっと口付けを落とした。

感覚のある場所ではないはずなのに、その色っぽい仕草に八重子の背中が戦慄く。

「八重子は本当に真面目だな。君のためなら私は、全財産を貢いだって構わないんだが」

甘く微笑まれ、思わず腰が砕けそうになる。相変わらず罪深い夫である。

だがなんでそんなに刹那的な考えをするのか、と。説教をしようとして、とあることに気付いた八重子は黙り込み小さく唇を噛んだ。

――――違う。要は刹那的に生きざるをえないのだ。

彼は自分の人生が、これから先も長く続くなどと思っていない。

だったら金は使える時に、使っておくべきという彼の考えは間違っていない。彼の金を彼がどう使おうが、そんなものは自由だ。

（そうだわ。この旅行は神様探しだけではなくて、いつかくるその時のための、思い出作りでもあるんじゃない）

だからこそ要は、金を惜しまずに湯水のように使うのだろう。

八重子は頭を切り替えることにした。今はもう、お金のことを考えるのはやめよう。自分が楽しみ、要と白を楽しませることだけを考えよう。

「要様は、何かしたいことはございますか？　行きたい場所とか、食べたいものとか」

八重子が目を輝かせながら要に聞いてみたら、彼は狙いを定めた肉食獣のような顔をして、にっこりと笑った。

「そうだな、八重子と温泉に入りたい。そして八重子を食べたいかな」

聞くんじゃなかった。と八重子が思ったのは、無理からぬことであったと思う。

結局その後すぐに半ば強制的に連れて行かれた男湯は、女湯の何倍もの広さがあった。

少々納得がいかないが、主な客層を男性としているため、仕方がないのだろう。

鼻歌まじりに要が勢いよく着ていた浴衣を脱ぎ、腰に手ぬぐいを巻いた。

露天風呂には瓦斯灯《ガスとう》が灯されており、全体的に薄暗いものの、彼の形《シルエット》はばっちりと見えてしまっていた。

（ひぃぃぃぃぃぃ！）

もう自分でも自信がなくなってきているのだが、一応はまだ、八重子は花も恥じらう乙女なのである。

要にも白にも色々とされてきたが、流石に共に風呂に入るのは初めてだ。

このままこっそり部屋へ逃げてしまおうか、などと考えていると、知らぬ間に背後を要に取られていた。

「八重子ー！　一緒に温泉に入ろう！」

背後から抱きついてきたのは、白だった。彼は無邪気に器用に八重子の腰の帯を解くと、さらりと浴衣を脱がしてしまう。

そして腰巻の細紐もほどき、あっという間に八重子を生まれたままの姿にしてしまうと、抱き上げて温泉へと向かった。

完全に肌と肌が触れ合って、八重子の頭は混乱の極みだ。滑らかな要の肌が心地いい……。

（ではなくて！　こんな破廉恥な真似はいけません……！）

なんとか逃れようとするが、白にがっちりと体を抱え込まれていて動けない。

「きゃあ！」

なにやら丁寧に掛け湯までされて、八重子は白に抱き上げられたまま温泉の中へと連れ込まれる。

そして、背中から白に抱きしめられながら、温泉に浸かった。

「ねえ、見て八重子。月がきれいだねえ」

見上げてみれば、綺麗な三日月と、目が眩《くら》みそうな数の星。八重子はうっとりと見惚れてしまった。

確かにこれは贅沢だ。だが、それだけの価値がある。

貸切ゆえに誰か他の客が入ってくることを気にせずに、ずっとゆっくりと入っていることができる。

そのまま白の体に寄りかかり、ぼうっと夜空を見上げていると、突然腰のあたりに違和感を覚えた。

なにやら硬いものが、臀部に当たっている。一体なんだろう――と考えたところで。

（うわぁぁぁぁ！）

それが何かに気付いてしまった八重子は、心の中で絶叫を上げた。

「えへへ。勃っちゃった。人間の体って本当に面白いよねえ」

「…………」

白は残念ながら、蛇なので羞恥という感情を持ち合わせていない。

よってこれもまた、ただ要の体の反応を楽しんでいるだけ……のはずだ。

だがやがてサワサワと、白の手が明確な性的な意図をもって、動き出した。

湯に浮いた八重子の胸を揉み上げ、外気の寒さで勃ち上がってしまったその頂をきゅうっと摘み上げる。

「んっ、あ……」

手で口を押さえ、八重子は必死に声を抑えた。

白の手は素直だ。焦《じ》らしたり、いじめたりしない。ただただ優しい快感だけを、欲しがれば欲しいだけ与えてくれる。

だから安心して、その快感に身を委ねてしまうのだ。

胸を弄られているうちに、下腹が甘く疼き出す。太ももから膝を擦り寄せていると、白の手が伸びて、足の合間に腕を差し込まれる。

そして、その慎ましい割れ目をそっと指の腹でなぞられる。

そこにはぬるりと、温泉のお湯とは明らかに違う粘りのある液体が滲んでいた。

「ふふっ。八重子はかわいいなあ」

耳元でそんなことを囁かれながら、八重子はいやいやと首を横に振った。

要ならば絶対にやめてはくれないが、白であればまだ情状酌量の余地がある。

「シロちゃん。だめ。こんなところで……」

なんせ、貸切とはいえここは野外である。こういうことをして良い場所ではない、はずだ。

必死に許しを請おうとする八重子の耳に、無慈悲な言葉が流し込まれた。

「だが、私はこういうことをしたくて貸し切ったんだ。悪いな」

八重子の全身から、血の気が引いた。プルプルと震えながら、恐る恐る後ろを振り返る。

そこには嗜虐的な笑みを浮かべた、要がいた。

どうやら白は要の体を出て、一柱で温泉を楽しんでいるらしい。少し離れた場所が僅かに波立っているから、蛇らしく温泉を泳いでいるのかもしれない。

(帰ってきてシロちゃぁぁぁん‼)

すぐに唇を塞がれ、顎を押さえられる。そして唇を無理やり割り開かれ、舌が差し込まれた。

「んっ、んん！　うむっ……」

こうなってしまうと、抵抗しても無駄である。

先ほど白に弄られたせいで、すっかり硬く敏感になってしまった胸の頂を、要が摘み上げて揺らす。痛みに転じそうなところで手を離し、今度は縁をなぞるだけの物足りない愛撫を施す。

優しい白の手とは違い、意地悪な要の手は、ただひたすら八重子を追い詰めるのだ。

これに慣れるとうっかり白の手では物足りなくなってしまうので、本当に恐ろしいのである。

要の手が後ろから伸ばされ、八重子の閉じた脚を、容赦なく開かせる。

「ひゃぁ！」

そして足の付け根にある割れ目を指で押し開いて、その内側を曝け出す。

襞と襞の隙間をなぞり、やがて包皮に隠された敏感な肉珠を剥き出して、その根元を蜜を纏った指でぬるぬると刺激した。

「ひっ、やぁ。あああっ！」

わかりやすい快感に、八重子の腰がビクビクと小さく跳ねる。温泉の水面も跳ね上がりチャプチャプと水音を立てた。

体が熱くてたまらない。解放を求めて、涙が溢れる。

「もう、だめ……。お願い。要様……」

八重子の懇願に、「堪え性がないな」と冷たく言い放ちながらも、要は一際強く、限界まで追い詰められ硬くしこったその尖りを、押しつぶしてくれた。

「あぁっ――――！」

八重子の背筋が反り返り、脚が跳ね上がって、痙攣する。下腹部からむず痒いような感覚が走り、体の先端へと向けて抜けていく。――――そして。

（もう……だめ）

達するとほぼ同時に、八重子の意識もまたぷつりと闇に呑まれた。

目を覚ませば、そこは旅館の部屋だった。

額には冷たく冷やされた手ぬぐいが載せられており、要がパタパタと八重子に向かって団扇《うちわ》をあおいでいる。

どうやら八重子は、のぼせて倒れてしまったようだ。

「良かった。目を覚ましたか」

明らかに、要がホッと安堵の息を吐く。だが八重子は冷たい目で彼を見やった。

「……要様」

「………ああ」

「反省してください」

「…………すまなかった。次はもっと湯温の低い温泉を探す」

明らかにそういう問題ではない。八重子は久しぶりに怒りの感情を持つ。

ここで甘い顔をするわけにはいかないと、八重子にしては珍しく、そのキツめの眉を跳ね上げた。

「もう、しばらくおさわりは厳禁です。そうですね、少なくとも一ヶ月くらいは」

「――――!!!」

要が愕然とした顔をした。これもまた珍しい。

「ま、待ってくれ。それは流石に厳しい……！」

「たまには我慢してください。今日という今日は流石の私ももう怒りましたから！」

普段温厚な八重子の怒りに触れ、要が珍しいほどに動揺している。

「だって、私が君に触れられるのは、もう……」

「………」

その言葉に、八重子の心が締め付けられた。

選択の時が、迫っていた。ここにいる誰かが、欠けてしまう日が。

――もう、半年もない。

それを思うと、時間を必要以上に無駄にすることは、やはり憚られた。

「わかりました……」

要の顔が一気に明るくなる。自分の欲を埋められないというのに、何故彼は八重子に触れようとするのだろう。その理由はよくわからないが。

「――それでは一週間で」

彼の顔がまた悲痛に歪む。八重子にとっては、これでもかなりの温情をかけてやったと思う。

たまに反省すればいいのだ、と八重子は思った。


――そしてその数ヶ月後。

結局ここにいる誰一人として欠けることなく、八重子は人間と神の夫を持つこととなり。

そして要が下心満載で見つけ出した湯温低めの温泉で、一人と一柱の夫たちによって、またあんなことやこんなことをされてしまうことなど。

――この時の八重子には、知る由もなかったのである。

あとがき

初めまして、こんにちは。クレインと申します。

この度は拙作『神さまの嫁にはなりません！　守り神と美貌の侯爵にめちゃくちゃ愛されてます』をお手に取っていただき、誠にありがとうございます。

今作は大正時代を舞台とした、人間と人外のWヒーローなファンタジーとなっております。

なんと、私の初めての歴史モノです。こうしてあとがきを書いている間にも緊張で妙な汗が出ます。

私なりに色々と調べたつもりではございますが、所詮は素人の範囲であり、歴史の検証が甘い部分も多々あるかと思います。申し訳ございません。ファンタジーということで、ご容赦いただけますと……！

霊媒体質で少々俺様気質な侯爵の要と、お人好しで搾取されるばかりの神様の白。そして、そんな一人と一柱にこれでもかと愛される、前向きな没落華族令嬢の八重子。

彼らの騒がしくもとぼけた幸せな日々を、お楽しみいただけたらと思います。

今回「大正時代モノとかどうでしょう？」というご提案を編集様からいただきまして、さて何を書こうかと大正時代について頭を巡らせた私が、一番最初に思い浮かべたのは、『関東大震災』でした。

十二年前に百三歳で亡くなった私の曽祖母は、明治の生まれです。穏やかで、とても優しい人でした。

「びっくりするくらいに、空が真っ赤だったのよ」

十七歳の時に関東大震災を経験した彼女が、幼き日の私にそう話してくれたことを覚えています。

東京は燃え尽きて、壊滅してしまったと思ったのだと。

曽祖母にとって、それは何十年経っても忘れられない、恐ろしい経験だったのだろうと思います。

本来私の書くべき作品は、夢のある乙女系小説です。甘やかな、恋の物語です。

ですがたった十五年しかない大正時代を舞台とする上で、はたしてそれほどまでに大きな存在を、無視してしまっても良いものか。

悶々と悩んだ末に、私はあえてそれを物語の中枢に据えることにしました。

どうしても『関東大震災』をなかったかのように扱い、この時代の小説を書くことに対し、妙な居心地の悪さが拭えなかったからです。

百年近くも昔の、既に歴史の中に組み込まれた出来事であり、極力過激な描写は控えたつもりですが、重い題材であることは間違いなく。

担当様も提出されたプロットを読んで、驚き、頭を抱えられたことと思います。

本当に申し訳ございません。きっと、読者様にも賛否両論あることでしょう。

けれども、プロットのまま書かせていただけたことに、感謝しかございません。ありがとうございます！

奇しくも発売日の翌々日である九月一日は、関東大震災のあった防災の日です。

その日に生きていた人々と、防災の意識を、ふと思い巡らせていただけたのなら幸いです。

さて、最後にこの作品にご尽力いただきました方々へのお礼を述べさせてください。

透明感のある麗しい八重子と要、そしてシロちゃんを描いてくださったサマミヤアカザ先生。ありがとうございます！　表紙絵を頂いて以後、あまりの美しさに毎日うっとりと眺めておりました……！

担当様。今回も多大なるご迷惑をおかけいたしました。前回に引き続き、もう台東区に足を向けて寝られません！

校正様、デザイナー様他、この作品に携わってくださった全ての皆様。ありがとうございます。

本当に皆様のお力があって、こうして形になるのだとしみじみ感謝しております。

それからいつも締め切り前になると、家事育児を一手に引き受けてくれる夫、ありがとう！

今回初めての歴史モノで、調べる事の多さに音を上げて「異世界に帰りたい」などと深夜に訳のわからないことを喚き出す妻で本当に申し訳なく……！　あ、通常運転ですね。すみません。

そして、この作品にお付き合い下さった皆様に、心よりお礼申し上げます。ありがとうございます！

なかなか抜け出せない鬱々とした日々の中、この作品が少しでも皆様の気晴らしになれることを願って。

クレイン

サマミヤアカザ先生
キャラクター
デザイン
西院要
斎賀八重子

ガブリエラブックスをお買い上げいただきありがとうございます。
クレイン先生・サマミヤアカザ先生へのファンレターはこちらへお送りください。

〒110-0016 東京都台東区台東4-27-5 (株)メディアソフト
ガブリエラブックス編集部気付 クレイン先生/サマミヤアカザ先生 宛

gabriella books

MGB-039

神さまの嫁にはなりません!
守り神と美貌の侯爵にめちゃくちゃ愛されてます

2021年9月15日 第1刷発行

著　者　クレイン

装　画　サマミヤアカザ

発行人　日向晶

発　行　株式会社メディアソフト
〒110-0016
東京都台東区台東4-27-5
TEL:03-5688-7559 FAX:03-5688-3512
http://www.media-soft.biz/

発　売　株式会社三交社
〒110-0016
東京都台東区台東4-20-9 大仙柴田ビル2階
TEL:03-5826-4424 FAX:03-5826-4425
http://www.sanko-sha.com/

印　刷　中央精版印刷株式会社

装　丁　小石川ふに(deconeco)

組　版　大塚雅章(softmachine)

ISBN 978-4-8155-4062-3